Maik Martschinkowsky

Die Welt kann ein Lächeln verändern

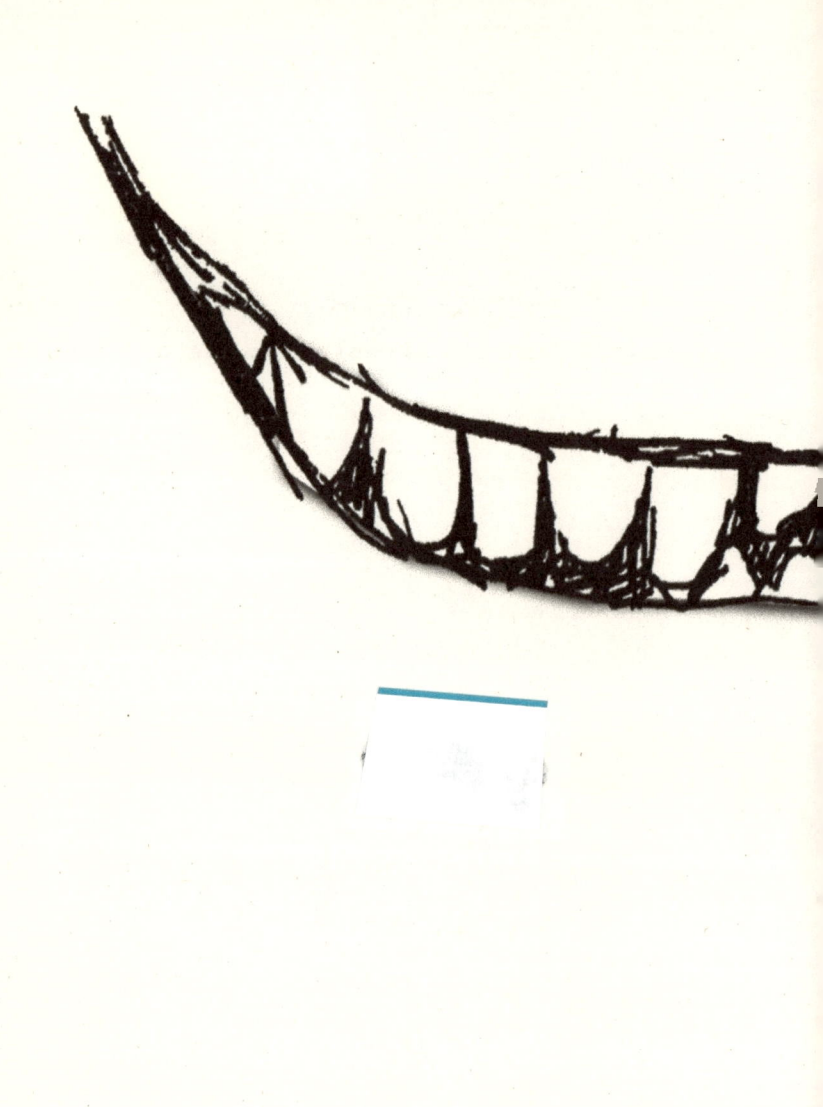

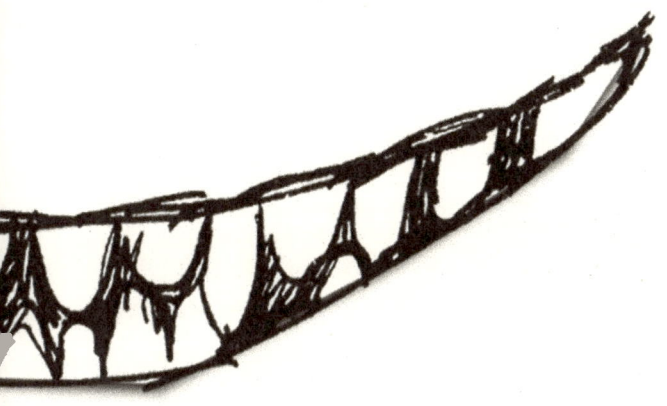

Maik Martschinkowsky

DIE WELT KANN EIN LÄCHELN VERÄNDERN

1. Auflage März 2019

© Satyr Verlag Volker Surmann, Berlin 2019
www.satyr-verlag.de

Cover: Maren Kaschner, Hamburg
Korrektorat: Jan Freunscht
Audioaufnahmen: Kevin Castens (www.kc-audio.de)
Druck und Bindung: CPI Books, Clausen & Bosse, Leck
Printed in Germany

Die Deutsche Nationalbibliothek verzeichnet diese Publikation in der Deutschen Nationalbibliografie; detaillierte bibliografische Daten sind im Internet
abrufbar über: http://dnb.d-nb.de

Die Marke »Satyr Verlag« ist eingetragen auf den Verlagsgründer Peter Maassen.

ISBN: 978-3-947106-22-6

Inhalt

In einiger Sache

Als Kind war ich manchmal sehr traurig. Nicht dass meine Kindheit traurig gewesen wäre, im Gegenteil, ich hatte alles, was man sich wünschen konnte: eine liebevolle und nicht allzu durchgeknallte Familie, viele Freunde, viel Spielzeug, ein tolles Fahrrad und eine angemessene Menge kleiner Unfälle. Gemangelt hat es mir also eigentlich an nichts, außer ... ja, außer gelegentlich an ein bisschen Fröhlichkeit. Einfach so. Dann hatte ich eine gewisse Ähnlichkeit mit dem Kind in dieser 8oer-Jahre-Werbung für ein bekanntes Multivitaminpräparat: ein Junge, der phlegmatisch aus dem Schulgebäude getrottet kommt und sich niedergeschlagen auf die Stufen setzt, während alle anderen Kinder laut schreiend und durch die Aussicht auf einen Nachmittag ohne Schule offenbar völlig aus dem Häuschen an ihm vorbei euphorisieren. Um wild in Pfützen herumzuhüpfen. Was man halt so macht, wenn man viel Energie und wenig andere Sorgen hat. Und mit einem Jungen, der das nicht macht, kann irgendetwas nicht stimmen. Also bekommt er in der nächsten Szene einen Löffel des beworbenen Wundermittelchens, und schon kurze Zeit später sieht man ihn ebenfalls wie wahnsinnig in den Pfützen herumspringen.

Nachdem meine Eltern die Werbung für dieses offenbar kindgerechte Ecstasy-Derivat zum ersten Mal gesehen hatten, kippten sie es hoffnungsfroh literweise in mich hinein. So als müsse einfach nur der Tank ausreichend aufgefüllt werden, damit der Motor wieder anspringt. Zunächst tat diese Medikation auch tatsächlich Wunder: Schon nach kurzer Zeit strahlte ich zumindest immer dann, wenn es wieder Zeit für meine Dosis war. Ich fand diesen mit künstlichen Vitaminen versetzten Zuckersirup wirklich sehr lecker. Und kurz nach der Einnahme hatte ich auch immer einen derartigen Energieschub, dass ich mindestens (mindestens!) dreimal auf und ab gesprungen bin, bevor ich mich wieder in meine Ecke verzog und weiter an schwarzen Lego-Burgen baute, die weder Ein- noch Ausgänge hatten.

Bald schon bekam die Einnahme dieses Zeugs den Charakter einer Belohnung fürs Traurigsein, und ich entwickelte eine Angst davor, dass es wieder abgesetzt werden könnte, wenn es mir besser ginge. Also bemühte ich mich häufiger selbst um eine möglichst niedergeschlagene Stimmung, in der Hoffnung, so den gefürchteten Entzug abwenden zu können. Spätestens seitdem war mir Tristesse auf die Seele tätowiert, und ich wusste: »Es ist nicht dein Lächeln, dass die Welt verändert. Es ist die Welt, die dein Lächeln verändert.«

Meine Eltern aber gaben den Versuch, meine fehlende Fröhlichkeit durch die Unterstützung von Aufputschmitteln zu bekämpfen, dennoch auf. Trotzdem entwickelte ich mich zu einem mehr oder weniger normalen, wenn auch immer etwas dunkel gekleideten Jugendlichen. Ich ging beflissen den üblichen Pflichten als Jugendlicher nach, verärgerte Lehrer oder Chefs von Aushilfsjobs, traf mich zum Austausch von Gedanken und Körperflüssigkeiten mit anderen Jugendlichen und verschwendete gemeinsam mit Freunden möglichst viel Zeit mit Dingen, an die man sich bis zu seinem Tod noch gern erinnert.

Mein späteres ~~langes~~ genaues Studium der Philosophie machte mich dann endgültig von einem grundlos traurigen Kind zu einem aus guten Gründen deprimierten Erwachsenen.

Hin und wieder kann es jedoch passieren, dass mich auch die alte, unkontrollierte Schwermut längst vergangener Zeit wieder heimsucht. Dann verwandle ich mich gleichsam zurück in das vitaminsaftabhängige Kind, setze mich niedergeschlagen auf irgendwelche Treppenstufen und mache mir dunkle Gedanken ohne Ein- und Ausgänge oder suche nach der Pfütze, in der ich beim Herumspringen einst meine Unbeschwertheit verloren habe.

Meist sind das glücklicherweise nur einzelne Momente oder kurze Phasen. Da sich dann jedoch alle Traurigkeit in in einem einzigen Augenblick sammelt, ist die Dichte dieser Schwermut so hoch, dass sie verheerende Auswirkungen auf meine Umwelt haben kann. Wenn ich in so einer Stimmung durch die Stadt streife, hören die Menschen, denen ich begegne, schlagartig auf zu lächeln und finden dieses Lächeln oft wochenlang nicht wieder. Die Vögel in meiner Umgebung verstummen und fliegen umgehend zurück in den Süden, Blumen verwelken, und mitten im Frühling fallen die ersten Blätter von den Bäumen. Frisch verliebte Pärchen, an denen ich vorbeitrotte, trennen sich, und Eltern entschuldigen sich unter Tränen bei ihren Kindern, ihnen das Leid der Existenz aufgebürdet zu haben. Wie ein Basilisk der Traurigkeit wälze ich in diesen Momenten durch die Straßen und verbreite emotionalen Verfall. Wen mein Blick trifft, dem versteinert das Herz.

Die Einzigen, die gegen diese schädlichen Auswirkungen immun zu sein scheinen, sind depressive Menschen, von denen schon so mancher nach meinem Anblick in guter Laune davongetanzt ist, weil in ihm plötzlich wieder ein Gefühl von Hoffnung keimte. Immerhin. Für die restliche Welt jedoch wäre mein Zustand auf Dauer der Untergang. Ich bin davon überzeugt, dass überall dort, wo sich im Weltall schwarze Löcher befinden, einst blühende Welten waren, in denen jedoch jemand einer derartigen Schwermut anheimfiel, dass diese Welten unter der Last zusammengebrochen sind und nur noch unendlich schwere Schwärze übrig blieb.

Nun, ich bin kein Freund pathetischer Abschweifungen, daher möchte ich direkt auf mein Anliegen zu sprechen kommen: Wie sich herausgestellt hat, sind diese schwermütigen Phasen eine Art Allergie. Und um eine unnötige Gefährdung der Menschheit, der Welt sowie der Galaxie abzuwenden, ist es enorm wichtig, dass ich alles, was solche traurigen Phasen bei mir auslösen könnte, meide. Dazu zählen ganz alltägliche Dinge: Ungerechtigkeit, Krieg, Ausbeutung, Grausamkeit, Nationalismus, Lügen, Dummheit und bisweilen auch Bürokratie. Daher würde ich darum bitten, auf diese Dinge in Zukunft weitestgehend, nicht nur in meiner Gegenwart, sondern ganz im Allgemeinen, zu verzichten.

Vielen Dank.

Diskursüberfall

Ich laufe in der frühen Nacht allein durch eine verlassene, dunkle Straße in Neukölln. Immer eine gute Idee. An einer sehr dunklen Ecke springt dann auch ein Typ aus dem Schatten und baut sich vor mir auf. Er ist zwei Köpfe kleiner als ich. Und spindeldürr.

»Hi«, sagt er in einem fast entschuldigenden Tonfall. »Überfall ... Geld und Handy und so, weißt schon. Sorry.«

»Äh ...«, sage ich, schaue mich um und mustere noch mal die kleine, zerbrechlich wirkende Gestalt vor mir. »Also, nimm mir das jetzt bitte nicht übel, aber ... so ganz überzeugt bin ich noch nicht.«

Der Typ zieht die Stirn in Falten. »Wieso? Hast du was gegen kleine, dünne Menschen?«

»Nee, nein, nein. – Nur ... also ... hast du nicht vielleicht ein Messer oder so was? Das würde sich irgendwie *authentischer* anfühlen.«

Der Typ seufzt und stemmt die Hände in die Seiten. »Warum fragen eigentlich immer alle nach 'nem bekackten Messer? Ich mein, hey, es ist 'ne dunkle, verlassene Straße in Süd-Neukölln. Da hast du doch im Grunde damit gerechnet, dass du abgezogen werden könntest. Der Fall ist jetzt eben eingetreten, find dich halt damit ab, und gib mir einfach deine Wertsachen, statt hier jetzt noch rumzuölen.«

»Na ja«, sage ich und zucke mit den Schultern. »Sieh es doch mal aus meiner Sicht: Ich finde, zu einem richtigen Überfall gehört auch so ein gewisser Hauch von ... Gefahr. Und deshalb fühle ich mich gerade einfach nicht wirklich überfallen.«

»Wie? Dunkle, verlassene Straße und Typ, der plötzlich aus dem Schatten kommt, reicht dir nicht, oder was?«, fragt der Typ leicht pikiert.

»Wenn ich ehrlich bin, nicht, nee.«

»Das ist ganz schön arrogant, mein Freund«, meckert er.

»Na, dass du denkst, es reicht, wenn du dich vor einem aufbaust und einfach nur sagst: ›Das ist ein Überfall, gib mir doch mal deine Wertsachen!‹, zeugt auch nicht grad von Bescheidenheit«, gebe ich zurück. »Und genau genommen, ist es ... also, ehrlich gesagt, ist es auch ein bisschen faul.«

Der Typ verzieht das Gesicht und macht eine hinwerfende Geste: »Pfff, *faul*, Alder! Nur weil ich dir nicht gleich 'nen Knüppel über die Birne ziehe oder dir ein Messer unter die Nase halte oder was?«

»Ja. Oder 'ne Pistole.«

»Ha, noch besser, 'ne Knarre! Mann! Ich bin doch nicht hier, um dir das Gefühl zu geben, du wärst in 'ner Gangsterserie! Ich hab dich überfallen, du gibst mir deine Wertsachen, und dann gehen wir friedlich auseinander, was ist denn daran so schwer? Wir sind doch zivilisierte Menschen!«

»Ich find das halt einfach nicht überzeugend. Was passiert denn, wenn ich dir meine Wertsachen nicht gebe, hm? Da schon mal drüber nachgedacht?«

Der Typ blickt sich überlegend um und schürzt die Lippen. Dann seufzt er und schaut mich wieder an: »Okay. Pass auf, was hältst du davon: Du gibst mir nur die Hälfte deiner Wertsachen, dafür lassen wir das Messer weg?«

»Hä? Und was hab ich davon?«

»Na, dass wir das Messer weglassen.«

Ich schüttle irritiert den Kopf. »Woher soll ich denn wissen, ob du überhaupt ein Messer hast?«

Der Typ breitet die Arme aus. »Woher soll ich wissen, ob du überhaupt Wertsachen hast!«

»Mann, jeder hat doch heutzutage irgendwelche Wertsachen!«

»Laut Bild-Zeitung läuft auch jeder in Berlin mit 'nem Messer rum! Aber darum geht es doch gar nicht. Ich hab dir grad 'n echt gutes Angebot gemacht. Ich mein: Wann wird man schon mal nur zur Hälfte überfallen? Das solltest du dir wirklich nicht entgehen lassen! Also: Deal?«

Ich schüttle den Kopf. »Nee. Darauf lass ich mich nicht ein!«

Der Typ wirft den Kopf nach hinten. »Oha, ey, okay, mein letztes Angebot: Ein Drittel deiner Wertsachen, keine Waffen, aber dafür lässt du danach die Polizei aus dem Spiel.«

»Mein Handy lass ich mir auf gar keinen Fall klauen!«

»Okay«, ruft der Typ genervt. »Dann sagen wir: alles außer deinem Handy, keine Waffen, keine Polizei und ... pass auf ...« Er wühlt in seiner Hosentasche und holt ein kleines, zerknittertes Tütchen heraus. »Du bekommst zusätzlich noch meinen Rest Koks, damit du auch was davon hast, nicht die Bullen einzuschalten. Okay? Das ist wirklich mein letztes Angebot! Damit treib ich mich quasi selbst in den Ruin.«

»Pfff ... Weißt du, was das für ein Aufwand ist, 'nen Perso neu zu beantragen?«, frage ich.

»Deinen bekackten Perso kannst du meinetwegen auch behalten. Also, was sagst du?« Er streckt mir die Hand entgegen.

Ich kaue nachdenklich auf der Unterlippe. Jetzt habe ich

ihn schon so weit runtergehandelt, da wäre es doch dumm, nicht zuzugreifen.

»Okay, Deal«, sage ich und schlage ein. Dann hole ich mein Portemonnaie aus der Hosentasche, ziehe meinen Perso heraus, reiche es ihm und zucke mit den Schultern: »Mehr ist es leider nicht.«

»Ach, schon okay«, sagt der Typ. »Is' Bargeld drin?«

»Dreißig Euro oder so.«

»Ja, is' doch super!« Er winkt ab und reicht mir das Koks. »Is' auch nicht mehr viel, aber für einen gelassenen Heimweg reicht's.«

»Okay«, sage ich und nehme das Tütchen. »Na, dann.«

Wir reichen uns noch mal die Hände.

»War mir 'ne Freude, dich überfallen zu haben!«, sagt der Typ und wendet sich zum Gehen.

»Danke. Aber mal Hand aufs Herz: Hattest du ein Messer?«

Der Typ lächelt. »So was brauch ich nicht. Meine Zunge ist scharf genug.« Dann zwinkert er mir zu, winkt mit meinem Portemonnaie und verschwindet in den Schatten. Wenn es eine Bewertungsplattform für Kriminelle gäbe, ich würd' ihm für diese Performance fünf Sterne geben.

Fairbrechen.org

Die weltweit erste
Nice-Crime-Website

Drei, zwei, eins – seins! Einmal nicht aufgepasst, und der Abend ist schneller gelaufen als der Dieb mit deinen Wertsachen? Der Sonntag ist im Arsch, weil dein Dealer auch einer ist? In deine Wohnung wurde nicht nur ein-, sondern auch noch ausgebrochen? Du wolltest nett sein, aber der Typ, der dich gefragt hat, ob er mal kurz mit deinem Handy telefonieren darf, nicht? Du hast der freundlichen Frau geglaubt, die dir günstige Eintrittskarten für das Tempelhofer Feld verkaufen wollte?

Wen wundert es bei solchen Geschichten, dass das Verbrechen einen schlechten Ruf hat?

Auf fairbrechen.org hast du nun endlich die Möglichkeit zurückzuschlagen: Teile deine Erfahrungen mit anderen Opfern (Vict-ins), lade ein Foto und/oder eine Beschreibung des Täters hoch, und bewerte deine Erfahrung nach verschiedenen Parametern: Höhe des Verlusts, Umgang und Manieren des Täters, Einfallsreichtum und vieles mehr!

Warne andere Vict-ins vor hinterhältigen Drogen oder langweiligen Scams. Zeige dem netten Dieb, der sich die ganze Zeit entschuldigt hat, dass du seine Situation verstehst und er beim nächsten Mal einfach fragen soll. Lasse die Möchtegern-Gangster in deiner Straße wissen, wie albern du sie in Wirklichkeit findest, ohne dabei dein Leben zu riskieren. – Alles 100 Prozent anonym. Werde Teil der Vict-in-Community, und setze Standards für sozialverträgliche Überfälle und unterhaltsamere Betrügereien! Unser Garantieversprechen: Wenn ein Täter unter zwei Sterne fällt, lassen wir ihn verhaften!

Du findest, das klingt unglaubwürdig? – Experten bestätigen, dass Mangel die Grundlage unserer Wirtschaft darstellt und jeder Verlust für den Einzelnen ein Gewinn für den Markt ist. Kriminelle leisten einen wichtigen Beitrag zu dieser Dynamik. Zudem hängen viele Arbeitsplätze an einer gut funktionierenden Unterwelt: Polizei, Richter, Anwälte, Gefängnisbetreiber, Sicherheitsdienstleister, Hersteller von Alarmanlagen und Schlössern und noch viele andere Berufsgruppen sind zu 100 Prozent abhängig von einer florierenden Kriminalität. Daher sagen wir: Ausgeraubt wird sowieso, aber bitte mit Niveau! Wenn schon weg, dann mit Zweck!

Werde noch heute Vict-in, und gib deinem Verlust einen Wert. Am besten gleich beim Vict-in-of-Prime-Programm mitmachen und von zahlreichen Vorteilen profitieren: zum Beispiel Push-Benachrichtigungen aufs Smartphone, wenn du dich in ein nicht von Fairbrechen.org gemaptes Stadtgebiet begibst, Rückerstattung aller persönlichen Gegenstände bei Überfall durch einen registrierten Täter, Zugang zu unserer Partnerseite »Rip-Advisor.com – bring Licht in den Schwarzmarkt« und vieles mehr. Melde dich noch heute Nacht an, und erhalte exklusiv einen Steal-Deal-Gutschein: einfach beim nächsten Überfall durch einen registrierten Täter zeigen und unbehelligt bleiben (nur einmalig einsetzbar).

Fairbrechen.org – die überfällige gute Seite für charmantere Schurken. Denn wie sagte bereits Robin Hood: »Den guten Dieb haben alle lieb.«

DieNorm

Ich stehe im Eingangsbereich einer U-Bahn-Station vor einem Passfotoautomaten. In einer solchen Kabine ein quasi amtlich anerkanntes Selfie zu machen, fühlt sich immer ein bisschen an wie ein Klogang auf einer öffentlichen Toilette, bei der die untere Hälfte der Tür fehlt. Vor allem wenn man es allein, tagsüber, so gut wie nüchtern und auch noch in der Nähe der eigenen Wohnung machen muss.

Ich atme noch einmal durch, schaue mich um, straffe mich und versuche, möglichst würdevoll in die Kabine zu schreiten. Es folgt eine Slapstickeinlage, als ich darum kämpfe, den schmierigen Fetzen, der ein Vorhang sein soll, zumindest so weit vor den Eingang zu ziehen, dass ich das Gefühl bekomme, einem unaufmerksamen Passanten könnte meine Anwesenheit hier entgehen. Anschließend verbringe ich dreißig Sekunden damit, den Stuhl auf meine Höhe zu drehen. Und weitere dreißig Sekunden damit herauszufinden, was überhaupt meine Höhe ist. Nachdem ich es dann auch endlich irgendwie geschafft habe, meine Jacke auszuziehen, schaue ich in den Black Mirror vor mir und sehe mein vor Anstrengung rotes, verschwitztes Gesicht.

Noch nie in meinem Leben habe ich ein Passfoto hinbekommen, auf dem ich nicht entweder völlig fertig oder seltsam speckig-glänzend aussehe. Aber diesmal bin ich schlauer. Ich warte eine Minute, tupfe mir das Gesicht mit dem unteren Teil meines T-Shirts ab und drücke erst dann auf den Startknopf. Eine Schrift erscheint: »Bitte werfen Sie eine Münze ein. Betrag: 4 Euro.« Ein kurzer Check offenbart: Der Schlitz befindet sich außerhalb des Automaten. Also schiebe ich langsam meine Hand durch den Vorhang und taste an der Außenwand herum. Von irgendwo draußen ertönt ein erschrecktes Schreien, und jemand rennt weg. Nachdem ich mich anschließend über beziehungsweise durch drei verschiedene undefinierbare Substanzen (klebrig, schmierig, zähflüssig) getastet habe, bekomme ich endlich den Schlitz zu fassen. Vorsichtig werfe ich eine Vier-Euro-Münze ein.

Schlagartig leuchtet der Bildschirm auf, und eine enthusiastische Männerstimme verkündet: **»Guten Tag! Herzlich willkommen bei Super-Foto 24 – Ihr 24-Stunden-Fotoservice, 24 Stunden am Tag, sieben Tage die Woche. Immer super. Bitte wählen Sie das gewünschte Format!«**

Auf dem Bildschirm erscheinen drei Optionen: Passfoto, Porträtfoto und Poster. Ich frage mich, ob es wohl wirklich Menschen geben könnte, die das Poster eines Passfotos von sich in ihre Wohnung hängen. Oder verschenken: »Hier, ich habe dir zum Geburtstag ein Passfoto von mir in Postergröße mitgebracht! Toll, oder?« Kurz schaudert es mich bei dem Gedanken, dass ich solche Leute kennen könnte. Ich drücke schnell auf »Passfoto«.

»Sie haben sich für das Format ›Passfoto‹ entschieden! Super! Bitte bringen Sie Ihr Gesicht in die richtige Position!«

Ich muss mich völlig verrenken, um mein Gesicht so in das auf dem Bildschirm erscheinende Oval zu schieben, dass das mittige Fadenkreuz auf meine Nasenspitze zeigt. Unter größter Kraftanstrengung schiebe ich zitternd meine Hand nach vorne und drücke den Auslöserknopf. Es macht »Phupp!«, und ein Bild von mir erscheint auf dem Bildschirm. Darauf habe ich die Augenlider halb geschlossen nach unten auf den Knopf gerichtet, während meine Zungenspitze konzentriert Richtung Nasenspitze zeigt.

Die Stimme sagt: »**Dieses Foto entspricht nicht der Norm. Bitte wiederholen Sie den Vorgang. Möchten Sie einen Countdown bis zum Auslöser?**«

Ich drücke »Ja«. Dann drücke ich »Start« und setze mich passend hin. Plötzlich dröhnt die Stimme unfassbar laut: »**ACHTUNG! ES GEHT LOS! DREI, ZWEI, EINS!**« Phupp!

Auf dem Bildschirm erscheint ein Bild von mir, wie ich zusammenzuckend mit weit aufgerissenen Augen vollkommen entsetzt nach oben schiele.

»**Dieses Foto entspricht nicht der Norm**«, sagt die Stimme. »**Bitte wiederholen Sie den Vorgang.**«

Ich schließe kurz die Augen, atme tief durch, setze mich wieder ordentlich hin und drücke dann den Knopf.

»**ACHTUNG! ES GEHT LOS! DREI, ZWEI, EINS!**« Phupp!

Auf dem Bild, das angezeigt wird, sehe ich gar nicht so schlecht aus, und man sieht mir auch nicht an, wie genervt ich bin. Ich lächle sogar.

»**Dieses Foto entspricht nicht der Norm**«, sagt die Stimme. »**Bitte lächeln Sie nicht! Bitte wiederholen Sie den ...**«

»Fuck You!« Ich drücke noch einmal den Knopf. »**ACHTUNG! ES GEHT LOS! DREI, ZWEI, ... EINS!**« Phupp!

»Ohhhh!«

Ein weiteres Mal erscheint ein Bild auf dem Bildschirm. Ich sehe darauf zwar aus, als ob ich auf irgendetwas warten würde, aber ansonsten entspricht es immerhin in etwa dem, was man von Passfotos so kennt. Und ich lächle auch nicht. So gar nicht.

»Dieses Foto entspricht nicht der Norm«, sagt die Stimme. »Bitte wiederholen Sie den Vorgang.«

»Alter!«, brülle ich den Automaten an. »Was hast du denn die ganze Zeit mit deiner bekackten Norm? Was soll denn an diesem Foto nicht der Norm entsprechen? Es ist ein Foto von einem weißen, heterosexuellen Mann aus Mitteleuropa, das ist doch die fucking, scheiß Norm, die seit Jahrhunderten der ganzen Welt aufgezwungen wird!«

»Bitte wiederholen Sie den Vorgang.«

»Fick dich!« Ich stehe auf, ziehe die Hose runter, strecke der Kamera meinen nackten Arsch entgegen, stütze mich mit der einen Hand ab, schiebe meine andere kopfüber zwischen den Beinen durch in Richtung Auslöser und drücke, die Zungenspitze an der Nase, den Knopf.

»ACHTUNG! ES GEHT LOS! DREI, ZWEI, EINS!« Phupp!

»Super! Vielen Dank! Bitte haben Sie noch einen Moment Geduld, Ihr Poster wird gedruckt.«

Ein Bürger

(Wie der Spießbürger entstand)

Ein Bürger wollt' das wahre Leben sehen,
Auf Lebendigkeitssafari gehen!
Er stürzte sich ins Weltgewühl
Mit Eroberergefühl.

Und dann sah er es vor sich stehen,
Nackt vom Kopf bis zu den Zehen:
Das Leben – wild und ungezähmt.
Der Bürger stockte, war gelähmt.

Man hatte sich das anders vorgestellt,
Mehr so von fern ... und er als Held.
Hastig griff der Bürger da zum Spieß,
Damit das Leben ihn in Ruhe ließ.

Dabeisein ist alle

Wenn es in Tier- oder Naturdokus oder auch populärwissenschaftlichen Artikeln heißt, die Natur habe »sich was einfallen lassen«, oder irgendein Lebewesen hätte »sich hervorragend an seine Umwelt angepasst« und gewisse Merkmale »entwickelt«, klingt das immer ein bisschen nach evolutionären Erfolgsstorys. So als sei die Evolution eine Art gigantische, immerwährende Castingshow, bei der verschiedenste Tier- und Pflanzenarten »Challenges« meistern müssten, um drinzubleiben.

Ich warte bei solchen Dokus manchmal auf eingestreute Interviewszenen, wo dann – was weiß ich – ein Tiger auf einem Baumstamm sitzt, sich Fleischreste aus den Zähnen pult und sagt: »Also, mir war eigentlich von Anfang an klar, dass ich so weit kommen würde. Ich mein, ich seh gut aus, hab viel Personality und 'nen super Gang. Ehrlich gesagt interessiert es mich auch gar nicht, was die anderen von mir denken, ich bin ja nicht hier, um neue Friends zu gewinnen, sondern die Competition. Rrrrr.« Und dann fliegt er beim Shoot-out gegen diese komische, unbehaarte Affenart raus. Die hatte sich nämlich was einfallen lassen.

Die Darstellung der Natur beziehungsweise der Evolution als eine auf Sinn und Zweck ausgerichtete, von Optimierungsgeist durchwirkte Entität, die dafür sorgt, dass sich nur die Stärksten und Findigsten durchsetzen, hat im Grunde mehr

Ähnlichkeit mit den Vorstellungen von Kreationisten als mit der Evolutionstheorie. Denn der Clou der Evolutionstheorie ist ja eigentlich, dass sie eben kein steuerndes oder gar rationales Prinzip annimmt, welches die Vorgänge der Natur bestimmt, sondern dass es eigentlich nur eine »Überlebensstrategie« gibt, um auf lange Sicht im Lostopf der Entwicklungsgeschichte zu bleiben: mit dem, was man hat oder kann, zufällig zur richtigen Zeit am richtigen Ort sein. Eher Roulette als Wettlauf. Zumal es aller Wahrscheinlichkeit nach nicht mal ein Ziel gibt, auf das man zulaufen könnte. Zumindest kein bekanntes. Außer: überleben eben. Und dafür muss man auch häufiger eher vor etwas weglaufen ...

Aber gewissen, vor allem auffälligen Eigenschaften mittels kleiner Verwechslungen von Ursache und Wirkung einen speziell entwickelten Zweck zum Überleben im »immerwährenden Kampf ums Dasein« zu unterstellen, ist halt die bessere Story. Dann ist zum Beispiel die Rede davon, dass die Natur grelle Farben bei giftigen Tieren als Warnfarben »erfunden« oder sie damit »ausgestattet« hätte. Als ob es in der Natur so was wie eine DIN-Norm für Giftigkeit gäbe: »Sie sind also mit mortalen Giftzähnen zur Jagd und Abwehr von Feinden im Sinne von § 234, Abs. 4 Naturgesetzbuch ausgestattet? – Dann tragen Sie ab sofort bitte rot-schwarz gestreift nach DIN-G4.«

Weshalb sollte irgendeine hochgiftige Schlange die oft miserable Tarnung fieser, greller Farbkombinationen tragen, um andere vor sich zu warnen? Die trägt diese Farben doch einfach nur, weil sie's kann. Das ist 'ne reine Poser-Nummer. Weil eben alle, die versucht haben, sich ihr zu nähern, es nie wieder tun werden.

Okay. Es scheint auch einige Räuber zu geben, die sogar ohne persönliche Erfahrungen einen Bogen um auffällig bunte Tiere machen. Aber vielleicht *gefallen* denen die Farben einfach nicht. »Üääährgs, Rot, das geht ja *gar* nicht, bloß weg hier!« Oder sie ahnen tatsächlich was von Selektionsprozessen und denken sich: »Also, wenn das Vieh es mit den Farben bis hierhin geschafft hat, dann kann da was nicht stimmen. Ich hau mal lieber ab.«

Allerdings schützen einen auch schicke Farben, starke Gifte oder gewaltige Superpranken nicht vor zum Beispiel sehr schlechtem Wetter. Etwa wenn es Meteoriten regnet. Da hilft dann eben eher ... nicht in der Nähe sein. Aber trotz der relativ hohen Zufallsrate von 100 Prozent wird die Evolution im populärwissenschaftlichen Kontext erschreckend oft dargestellt, als gäbe es seit eigentlich immer eine kontinuierliche Entwicklung in Richtung irgendeines »besser«. Insbesondere je näher man dem Menschen kommt.

Zugegeben: Es ist oft schon schwierig genug, sich vorzustellen, dass man von seinen eigenen Eltern abstammt. Sich dann noch klar zu machen, dass man Vorfahren hat, die sämtliche Naturkatastrophen, alle möglichen Krankheiten, alle Religionen, jeden Krieg und die gesamte bisherige Entfaltung menschlicher Dummheit überlebt oder sogar eine tragende Rolle darin gespielt haben, wer weiß das schon so genau, bringt das eigene Vorstellungsvermögen hart an die Grenze. Zu begreifen, dass das alles letztlich auf irgendwelche Kleintiere zurückgehen soll, die man heutzutage beim ersten Kontakt je nach Lebensumständen wahlweise als Nahrungsquelle oder Ungeziefer aus der Evolution entfernen würde, ist dann wirklich viel verlangt. Vielleicht zu viel. Da ist es eben einfacher, die Arme zu verschränken und anzunehmen, dass das alles schon irgendeinen Sinn hatte: »... und am Ende steh jetzt erst mal ich! Weil, meine Gene haben die *competition* gewonnen, und jetzt bin ich im *final*. Find ich. Das kann doch kein Zufall sein! Meine Mama hat immer gesagt, ich sei was Besonderes.«

Als wenn die kleinen Säugetiere zur Zeit der Dinosaurier gewusst hätten, dass da ein Asteroid vom Himmel fallen würde, sich daraufhin winzige Bunker gebaut, mit Wasser und Nahrungsvorräten darin verzogen und unter diabolischem Pfotenreiben auf den Einschlag und damit den Startschuss für ihren Siegeszug gewartet hätten. Aber wenn sie so vorausschauend gewesen wären, hätten sie sich vermutlich eher kollektiv mit ausgebreiteten Armen auf die berechnete Einschlagstelle gelegt, um sicherzustellen, dass auch wirklich jedes Gen, das sich zum Homo sapiens entwickeln könnte, pulverisiert wird. Obwohl: Vielleicht war das sogar der Plan, aber einige perfide, selbstsüchtige Individuen haben sich nicht an die Abmachung gehalten, und von denen stammt jetzt die gesamte Menschheit ab. Könnte einiges erklären. Man weiß es nicht.

Die populäre Darstellung vom »Kampf ums Dasein« suggeriert immer ein bisschen, Arten, Gattungen oder auch Individuen würden sich im Laufe der Evolution vor allem aufgrund siegreicher Duelle oder besonderer Abwehrstrategien durchsetzen. Okay, definitiv ist »fressen und gefressen werden« ein weit verbreitetes Problem in der Natur. Aber der eigentliche Motor der Evolution ist ja nicht Kämpfen oder Fressen. Sondern Vermehrung. Und zwar massive Vermehrung. Da setzen sich dann nicht unbedingt die Stärksten und Verbissensten durch, sondern die mit dem agilsten Paarungsverhalten. Schon Darwin hat sich gewundert, wie viele, hinsichtlich des Überlebens völlig unsinnige, ausschließlich dem Balzverhalten geschuldeten Merkmale im Laufe der Entwicklungsgeschichte ausgebildet wurden.

Das weit verbreitete Bild, die Evolution sei ein von Effizienz, Ressourcen-Sparen und Optimierung getriebener Dauerkonkurrenz- und -kampfzustand, in dem jeder nur auf den eigenen Vorteil bedacht und alles von rationalisierter Zweckmäßigkeit bestimmt ist, erinnert eher an ein zutiefst menschliches Phänomen: den »freien« Markt.

Die Menschen haben halt immer schon gern ihre alltäglichen Erfahrungen und Wahrnehmungen auf alles andere übertragen. Wir denken, wie wir leben. Und deshalb scheint es eben auf den ersten Blick nicht abwegig, ja, sogar schlüssig, dass in der Natur ähnliche Prozesse ablaufen sollen wie in der von Menschen gemachten Lebenswelt des Kapitalismus. So kennt man's halt. Das Praktische dabei ist: Wenn einem die Natur wie Kapitalismus erscheint, erscheint einem der Kapitalismus auch gleich viel natürlicher. Eine Win-win-Situation für ... den Kapitalismus zum Beispiel. Vor allem aber lassen sich Geschichten, mit denen sich die Leute identifizieren können, besser vermarkten als theoretische Aussagen über komplexe, zufällige Entwicklungen.[1]

Indem der Mensch sich irgendwann das Kulturticket gezogen hat und anfing, nicht mehr nur sich an die Umwelt anzupassen, sondern immer mehr die Umwelt an sich angepasst hat, konnte er den evolutionären Gesetzen von »dumm gelaufen« und »Glück gehabt« in vielen Punkten entwischen.

---

[1] Mitunter kann diese Übertragung aber auch sehr Interessantes zutage fördern. Zum Beispiel bezeichnen sich viele Unternehmer ja gern als »Löwen«, weil: König der Tiere, keine natürlichen Feinde, stark etc. pp. – Aber man muss nur einmal eine Dokumentation über Löwen schauen, um zu merken: Das sind in der Regel keine »High-Performer«. Die liegen ziemlich oft faul in der Gegend rum. Zudem haben einige Löwen die »Strategie« (bzw. eher die Gewohnheit) entwickelt, sich in der Nähe kleinerer Räuber aufzuhalten, abzuwarten, bis diese etwas erjagt haben, und sie dann wegzuscheuchen, um deren Beute zu fressen ... Aha, aha!

Aber wenn der Mensch irgendwann dafür gesorgt haben wird, dass nicht mehr genug Natur da ist, in der die Evolution ihre Spielchen treiben kann, wird sie wohl doch wieder an die Tür der menschlichen Kulturgeschichte klopfen und sagen: »So, Kinder. Dabeisein ist alle.«

Verbraucherinformation:

Leben®

Anwendbar ab 0 Jahren

Sehr geehrtes Subjekt,
vielen Dank, dass Sie sich fürs Leben entschieden haben. Sie erhalten ein Qualitätsprodukt aus dem Nichts.

Was ist das Leben, und wofür wird es angewendet?

Das Leben ist eine völlig unwahrscheinliche Aneinanderreihung von Zufällen zur allgemeinen Anwendung auf Planeten.

Woraus besteht das Leben?

Das Leben besteht zu 95 % aus der Umwandlung von Energie, Kohlenstoff und Wasser in organische Verbindungen und umgekehrt (zentraler Wirkstoff: dissipativer Metabolismus).
Die restlichen 5 % bestehen aus Bewegung, Information und Reproduktion.

Was müssen Sie vor der Annahme des Lebens beachten?

Vor der Annahme des Lebens sind völlig absurde Rahmenbedingungen zu erfüllen, siehe hierzu Wikipedia: habitale Zone. Wirklich, völlig verrückt.

Dauer und Art der Anwendung:

Soweit nicht anders verordnet, ist das Leben dauerhaft anzunehmen, bis seine Wirkung von selbst verfliegt.

Wie ist das Leben zu dosieren?

Die Menge der Dosierung ist abhängig von verschiedenen Faktoren. Im Allgemeinen gilt jedoch: Mit zunehmender Intensität verkürzt sich die Wirkungszeit des Lebens.

Welche Nebenwirkungen sind möglich?

Sehr häufige Nebenwirkung: Tod.

Häufige Nebenwirkungen: Schmerz, Armut, Unfälle, Ausbeutung, Krieg, Schmerz, Verlust, Schmerz, Scheitern, Trauer, Schmerz und vor allem Dummheit. Viel Dummheit.

Gelegentliche Nebenwirkungen: Kultur, Liebe, Glück und andere Belanglosigkeiten, die von den meisten Konsumenten jedoch als angenehm beschrieben werden.

Auf weitere Nebenwirkungen dürfen Sie gespannt sein.

Wechselwirkungen mit anderen Mitteln:

Bei der gleichzeitigen Zusammenführung von zwei oder mehr Leben kann es zu Kindern kommen.

Gelegentlich wurde auch berichtet, dass das Leben in Verbindung mit Langeweile zu der Frage führt, was der Sinn des Ganzen sei. Dies ist jedoch nur eine vorübergehende

Sinnestrübung, die auf der fälschlichen Übertragung von Zweckkategorien auf das Dasein beruht. Die Beschwerden verschwinden in der Regel mit der nächsten körperlichen Lust- oder Unlustempfindung. Oder dem Eintreten der häufigsten Nebenwirkung.

Wie ist das Leben aufzubewahren?

Die Haltbarkeit des Lebens kann durch den Entzug von Sauerstoff, Wasser und Mineralien stark verkürzt werden. Ansonsten ist es relativ hartnäckig.

Produktionsbedingt schwankt das Leben in seiner äußeren Erscheinung teilweise stark. Generell gilt jedoch: Gräuliche Verfärbungen oder grün-violetter Schimmer sind immer ein Hinweis auf verminderte Halbwertszeit!

Und nun wünschen wir Ihnen viel Vergnügen mit Ihrem Leben!

Herstellerinformation:
Proton Partikel Manufacturers
Unterwasservulkanschlot 1
Am Meeresgrund

Die dunkle Seite
der Hoffnung

Ich verstehe nicht, weshalb der Optimismus so positiv gesehen wird. Es möchte doch zum Beispiel niemand einen
Sicherheits- oder Katastrophenschutzberater haben, der Op-
timist ist: »Eine Halle für 10.000 Leute, sagen Sie? – Ach,
ich glaube, da reicht ein Notausgang, die werden sich schon
irgendwie einigen, da hab ich vollstes Vertrauen. ☺«[2] – Nein,
da möchte man jemanden, der sagt: »10.000 Leute? Sind Sie
vollkommen wahnsinnig?! Das ist nicht wie bei Ameisen, die
immer schlauer werden, je mehr es sind, beim Menschen
ist das genau andersrum ... Woll'n Se trotzdem machen? Na
gut, wenn es unbedingt sein muss. Dann würde ich als Ex-
perte Ihnen empfehlen, zwei Notausgänge pro Person ein-
zuplanen, also 20.000 ... Obwohl: Wahrscheinlich bleiben
die dann davor stehen und können sich nicht entscheiden.
Also einen Notausgang pro Person ... Wobei: Bestimmt denken dann alle, die anderen hätten einen irgendwie besseren
Ausgang, und wollen auch lieber da durch ... Okay, sagen
wir: zehn. Zehn seeehr große Notausgänge. Die man nicht
verfehlen kann. Und machen Sie bitte trotzdem noch überall
möglichst viel Blinke-Blinke und große Schilder hin, sonst
rennen die wieder zum Haupteing... Ach, Scheiße. Da versuchen sie dann vermutlich noch an der Kasse, ihr Geld zu-
rückzuholen, bevor die Halle abbrennt, dafür muss ich mir

---

2 Optimisten können sogar Smileys aussprechen.

ja auch noch was ausdenken ...« *So etwas* weckt Vertrauen: solides negatives Denken.

Ich würde auch keinen Schiffskapitän haben wollen, der durchs Fernrohr guckt, einen Eisberg sieht und sagt: »Ach, wie niedlich, ein Eisberg. Gut, dass dieses Schiff unbesiegbar ist, volle Kraft voraus!« Okay, ich möchte jetzt auch keinen Kapitän, der sagt: »Oh nee, schon wieder ein Eisberg. Ach, egal, dieses blöde Schiff geht sowieso irgendwann unter, bringen wir's hinter uns: Komm, gib Gas!« Das ist dann aber auch kein Pessimist, sondern ein Fatalist. Oder ein Arschloch.

Pessimist sein heißt ja eben, nicht aufzugeben, sondern im Gegenteil: sich auf mögliche schlechte Entwicklungen einer Situation vorzubereiten. Damit es dann trotzdem weitergehen kann. Der Pessimist ist einfach eine Art Lebenskünstler. Ein Schwarzmaler, der verstanden hat, die Schattenseiten des Lebens perspektivisch in sein Weltbild einzubeziehen, damit es realistischer wirkt. Oder so.

Wenn das Schiff nämlich erst mal in den Eisberg gedonnert ist, sich plötzlich doch nicht als unsinkbar herausstellt und die zwei Rettungsboote, die der optimistische Sicherheitsberater gefordert hatte, schon weg sind, dann dürfte es selbst für hartgesottene Optimisten schwierig werden, der Situation noch was Gutes abzugewinnen. Als Pessimist hingegen kann ich mich noch im Angesicht des Todes triumphierend aufs Heck des untergehenden Schiffes stellen, die Arme ausbreiten und herausbrüllen: »Ich hab's doch gesagt!!!«

Und das ist doch etwas sehr Gutes, wenn man auf diese Weise auch negativen Situationen noch etwas Positives abgewinnen kann. Deshalb verstehe ich gar nicht, weshalb der Pessimismus so negativ gesehen wird. Ich möchte sogar behaupten: Auf lange Sicht sind Pessimisten die besseren Optimisten. Denn wer die Hoffnung aufgibt, wird nicht mehr enttäuscht. Und wer nicht mehr enttäuscht wird, hat Grund zu hoffen.

Optimismus hingegen kann tödlich sein. Und damit meine ich jetzt nicht den alltäglichen Optimismus wie: »Na jaaa, da ist zwar nur sehr wenig Platz zum Überholen dieses erstaunlich schnellen Lkws, und in fünfzig Metern kommt 'ne enge Kurve, aber egal, passt schon irgendwie.« Oder: »Wieso sollte der Bär mich angreifen? Ich will ihn doch nur streicheln.« Diese Art von Optimismus erledigt sich von selbst. Nein, was ich meine, ist der Optimismus im ganz großen Stil. Der historische Optimismus sozusagen. Sämtliche Eroberungskriege und Weltreichbestrebungen mit all ihren zerstörerischen Auswirkungen zum Beispiel gehen doch letztlich auf die optimistische Grundannahme zurück, man würde immer siegen. Pessimisten hingegen wäre so ein Angriffskrieg viel zu heikel. Dann kann man's auch gleich lassen.

Eine Welt voller Pessimisten wäre deshalb eine friedliche. Von einigen präventiven Racheakten, weil man davon ausgeht, dass jemand einem früher oder später was antun wird, einmal abgesehen. Aber sonst ...

Auch viele andere Probleme, mit denen wir uns heutzutage rumschlagen müssen, wurzeln letztlich in optimistischen Grundannahmen: Nach einem Selbstmordanschlag mit 72 Jungfrauen im Paradies leben – verzweifelter Optimismus! Leugnung des Klimawandels – ignoranter Optimismus!

Immobilienblase und Bankenkrise – arroganter Optimismus! Okay, und Menschenhass. Aber zumindest die Annahme, der Markt könne alles regeln – fataler Optimismus! Oder Nationalismus als Lösung für politische und wirtschaftliche Probleme – vollkommen irriger Optimismus.

Diese Reihe ließe sich leider sehr, sehr lang weiterführen. Und inzwischen bin ich überzeugt: Wären alle Menschen von Natur aus optimistisch, hätte unsere Spezies vermutlich schon längst den Löffel abgegeben – im guten Glauben, ihn zurückzubekommen.

Umgefragt

Duuuuuut.

Duuuuuuut.

Duuuu...

»Hallo?«

»*Guten Tag! Ich rufe von der Mercuriosity Meinungsforschung an. Ihre Telefonnummer wurde zufällig von unserem System ausgewählt, und ich würde Ihnen gerne ein paar Fragen stellen. Hätten Sie einen Moment Zeit für mich?*«

»Äh ... Woher hat Ihr System denn meine Nummer?«

»Tut mir leid, das kann ich Ihnen leider nicht beantworten. Die Anrufe werden mir automatisch zugeteilt. In die genauen Abläufe habe ich keinen Einblick. Aber sicher stehen Sie doch im Telefonbuch?«

»Nein. Weder steht meine Nummer im Telefonbuch, noch habe ich sie irgendwo öffentlich im Internet oder sonstwo angegeben.«

»Wie gesagt, da kann ich Ihnen leider nicht weiterhelfen. Aber ich kann Ihnen garantieren, dass alles, was Sie in diesem Gespräch sagen, vertraulich behandelt wird und sämtliche Informationen zu Ihrer Person anonymisiert sind, Herr Martschinkowsky.«

»Ach, na dann. Worum geht's denn?«

»Wie gesagt, ich hätte da ein paar Fragen, zu denen ich gerne Ihre Meinung gehört hätte.«

»Und dann nehmen Sie meine Antworten, die ich Ihnen umsonst und mit Zeitaufwand gegeben habe, und verdienen damit Geld?«

»Äh ... *Ihre Antworten sind ein wichtiger Beitrag zur Meinungsforschung. Unser Institut sammelt die Antworten der Befragten und stellt diese übersichtlich zusammen. Das Ziel unserer Arbeit ist* ehm ... äh ...«

»Na, hängt der Computer?«

»Entschuldigen Sie. Da war wohl was in der Leitung. *Das Ziel unserer Arbeit ist die Abbildung von Stimmungslagen in der Bevölkerung zu Themen von allgemeinem öffentlichem Interesse. Mit Ihrer Teilnahme an der Befragung würden Sie uns dabei sehr unterstützen.*«

»Nun gut. Dann fragen Sie mich mal um.«

»Danke. Also: *Wenn am Sonntag Bundestagswahl wäre, wen würden Sie wäh...?*«

»Krass, ist das diese berühmte Sonntagsfrage? Und ich darf da mitmachen? Wahnsinn! Komme ich da auch ins Fernsehen?«

»Hm ... Na, ja, also ... möglicherweise werden die Ergebnisse der Umfrage auch im Fernsehen präsentiert, ja. Aber das entscheide nicht ich.«

»Verstehe. Okay. Legen Sie los.«

»Gern. *Wenn am Sonntag ...*«

»Ach ja, stimmt, ich bin dran! Also, wenn am Sonntag Bundestagswahl wäre, dann nähme ich ... dann nähme ich ... tja. Gar nicht so einfach. Kann ich diese Frage überspringen?«

»Ehm, nein, das geht leider nicht, das ist sozusagen die Kernfrage. Mit der müssen wir beginnen.«

»Hm. Hab ich denn einen Telefonjoker?«

»Ahahaha, diesen Scherz höre ich ... bestimmt zum ersten Mal. Nein, da müssen Sie alleine durch, wenn ich das so sagen darf. Tut mir leid.«

»Na gut. Dann nehme ich ›andere‹.«

»Ehm, ja, also ... Könnten Sie da vielleicht ein bisschen genauer sein?«

»Na ja. Sie werden vor sich auf dem Computer vermutlich stehen haben: CDU/CSU, SPD, FDP, GRÜNE, LINKE, AFD und die Option ›eine andere Partei‹. Und die nehm ich.«

»Ja. Das stimmt. Aber ich muss trotzdem einen Parteinamen eingeben, der dann zwar als ›eine andere Partei‹ verarbeitet wird, aber wenn ich hier nichts Konkretes eingebe, geht es leider nicht weiter. Sie können sich auch für die Option ›nicht wählen‹ oder ›weiß ich nicht‹ entscheiden.«

»Hm. Nee. Dann tragen Sie mal als Parteinamen ›BHA‹ ein.«

»BHA? Äh ... und wofür steht das?«

»Für ›Bitte hier Ankreuzen‹. Wenn das auf dem nächsten Wahlzettel steht – also, ich sag mal, bei der Geistesverfassung, die derzeit im politischen Raum vorherrscht, würde ich mit einem erdrutschartigen Alleinsieg rechnen. Ein offizielles Dokument, auf dem ›Bitte hier Ankreuzen‹ steht, wie soll der deutsche Michel da widerstehen?«

»Ah ja. Sehr ... interessant. Dann zur nächsten Frage: *Wie beurteilen Sie die Wirtschaftslage in Deutschland? A ...*«

»Ungerecht.«

»Es ... ehm ... gibt nur drei Optionen zur Auswahl: *A – gut, B – teils/teils, C – schlecht.*«

»Okay. C. Wobei das bestimmt falsch ausgelegt wird. Deshalb bitte mit der Anmerkung: ›Schon klar, dass Deutschland ein wohlhabendes Land ist, aber eben deshalb muss es eigentlich noch mehr überraschen, dass die Verteilung dieses Wohlstandes so beschissen ist.‹«

»Ja ... danke, ist notiert. Kommen wir zur nächsten Frage: *Wie würden Sie Ihre eigene Wirtschaftslage beurteilen? A – gut, B ...*«

»D.«

»Es gibt nur drei Antwortoptionen. Tut mir leid.«

»Entschuldigung, aber Sie haben doch gesagt, Sie wollen Antworten von mir haben, warum geben Sie mir dann ständig Antworten vor?«

»Ja, also nein ... ehm ... *Natürlich sind wir sehr an Ihrer individuellen Meinung interessiert. Aber zur Vereinfachung der Arbeitsabläufe und um ein klares Bild von den Stimmungen innerhalb der Bevölkerung zu bekommen, bitten wir Sie, eine der vorgegebenen Antwortoptionen zu wählen. Auch damit leisten Sie einen wichtigen Beitrag zum öffentlichen Interesse.*«

»Also, *meine* Ansichten sind glasklar. Was kann ich dafür, dass die nicht in Ihre Statistikmaschine passen?«

»Das tut mir ... sehr leid. Aber könnten Sie sich trotzdem vorstellen, weiter mitzumachen?«

»Na gut. Dann nehm ich C. Aber unter Protest.«

»Okay. Wird notiert. Dann beantworten Sie bitte als Nächstes folgende Frage. Ich freu mich schon: *Welcher Partei trauen Sie am meisten Kompetenz bei der Lösung von wirtschaftlichen Problemen zu?*«

»Gibt es die Option ›keiner‹?«

»Ja, die gibt es.«

»Wahnsinn. Die nehm ich.«

»Freut mich, dass wir da was für Sie gefunden haben. Dann schnell die nächste Frage: *Welcher Partei trauen Sie am meisten Kompetenzen bei der Bekämpfung von Kriminalität zu?*«

»Pfhhhhhh ... Da müssten wir natürlich eigentlich zunächst mal klären, welche Art von Kriminalität. Also, wenn Sie die wirklich großen Sachen meinen, wie Wirtschaftskriminalität, Ausbeutung ganzer Landstriche und Umweltzerstörung für Profit, ist die Auswahl an Parteien, die was dagegen tun würden, schon mal ganz erheblich eingeschränkt. Und wenn man dann noch davon ausgeht, dass ein Großteil der Kleindelikte wiederum ihren Ursprung in ökonomischer Ungerechtigkeit haben, wird die Auswahl eigentlich nicht größer. Bleiben mafiöse Strukturen. Und zumindest auf diesem Gebiet würd' ich die meisten Kompetenzen derzeit dann tatsächlich der Polizei zutrauen.«

»Es geht. Um Parteien. Und es gibt. Nur die üblichen. Bereits bekannten. Antwortoptionen.«

»Hm. Dann nehme ich ›keiner.‹«

»Gut. Danke. Das war doch jetzt gar nicht so schwer.«

»Sie müssen wirklich sehr von Ihrem Job überzeugt sein.«

»Ja. Ich liebe ihn.«

»Ich mein, ich bin ein ziemlich anstrengender Gesprächspartner. An Ihrer Stelle hätte ich längst aufgelegt.«

»Ja. Aber ich werde nach abgeschlossenen Befragungen bezahlt.«

»Oh. Das tut mir leid ... Schade, dass Sie nicht nach Meinungsmenge bezahlt werden. Dann könnten Sie jetzt sehr reich werden. Überhaupt ist Meinung ja mittlerweile das Feld mit der meisten Überproduktion der Welt. Find ich. Da hat ja jeder mindestens zwei zu so ziemlich allen Angelegenheiten. Und wo wir grad bei Meinung sind: Ich hätte da noch eine Meinung zu einem Produkt, vielleicht könnten Sie dafür sorgen, dass das vom Markt genommen wird? Oder noch besser: dass der Markt vom Produkt genommen wird. Das wäre meiner Meinung nach generell die beste ...«

»Könnten wir vielleicht mit der Umfrage weitermachen?«

»Okaaay ... Wenn Sie meine Meinung nicht interessiert, kann ich auch auflegen!«

»Bitte ... Wir sind fast fertig.«

»War auch nur 'n Scherz.«

»Ja. Sehr witzig. Made my day.«

»Gut, also tragen Sie doch einfach für alle weiteren Antworten ›keine Ahnung‹ oder ›is' mir egal‹ ein.«

»Okay. Dann dürfen Sie sich aber nicht wundern, wenn Sie demnächst einen unangenehmen Anruf bekommen.«

»Wieso? Von wem?«

»Von der SPD. Das entspricht genau deren Wählerprofil.«

... und nun zum Wetter

Hier die politischen Aussichten für die nächsten Jahre:

Im Gefolge des wirtschaftlichen Hochdruckgebiets der letzten Jahrzehnte zieht vom Westen her ein Verteilungstief über Europa und die restliche Welt und schiebt eine Welle sozialer Kälte vor sich her. In der Folge bilden sich teils kräftige Fronten über den Ballungsgebieten, die sich unwetterartig entladen können. Da ist dann in weiten Teilen Europas auch mit Niederschlägen zu rechnen.

In den mittleren Regionen der Bevölkerung zeigt sich die Stimmung wie immer mäßig bis wechselhaft. Nur in den ökonomischen Höhenlagen kommt es immer wieder zu Auflockerungen, dort scheint auch vereinzelt Leuten die Sonne aus dem Arsch. Gegenwind weht im Allgemeinen schwach bis mäßig, an den Ausläufern des Verteilungstiefs muss allerdings gebietsweise mit heftigen, unkontrollierten Böen gerechnet werden, dort laufen einem dann auch immer wieder kalte Schauer über den Rücken. Insofern bleibt leider nur, wie so oft, zu sagen: Es wird grau und trüb werden, also den Rettungsschirm nicht vergessen.

Ein Bürgerlein

(Wie der Kleinbürger entstand)

Er war erzürnt, empört, kurzum: verstimmt
Drüber, wie die Menschheit sich benimmt,
Und welch Probleme diese Welt pressieren.
Darum ging ein Bürger protestieren.

Doch bald schon kamen Polizisten,
Die dem Bürger an den Karren pissten:
»Das ist nicht in Ordnung, guter Mann!«,
Blaffte ihn ein solcher an.

Da beschwerte sich der Bürger laut,
Man hätt' es ihm kaum zugetraut,
Protest sei demokratisch legitim!
Doch der Schutzmann sprach zu ihm:

»Ich will Ihnen wirklich nicht verwehren,
Sich über Missstand zu beschweren.
Doch diese Revoluzzerpropaganda
Bringt die andren Bürger durch'nander.

Wir stellen hier wieder Ordnung her
Und tun das auch für Sie, mein Herr!
Drum gehen Sie bitte eilig aus dem Weg,
Bevor ich widerwillig Hand anleg!«

Das Ganze schien dem Bürger nun doch recht,
Sein Verhalten ihm hingegen schlecht.
Und um niemandem mehr im Weg zu sein,
Machte fortan sich der Bürger klein.

Gönnerflucht

Ich döse im Sessel eines Gefährts einer nicht näher zu bezeichnenden Beförderungsdienstleistungsgesellschaft vor mich hin und höre Musik. Plötzlich bemerke ich eine Veränderung in meinem Gesichtsfeld. Ich öffne die Augen und blicke in das faltige Antlitz einer alten Dame, das sich etwa fünf Zentimeter vor mir befindet. Erschrocken sacke ich in den Sitz und ziehe einen Stöpsel aus dem Ohr.

»Entschuldigung«, sagt die alte Dame. »Bis wohin fahren Sie?«

»Berlin«, stammle ich aus der Tiefe.

»Könnten Sie dann vielleicht so nett sein und mir mit dem Koffer helfen?«, raunt sie, während sie verschwörerisch auf die Gepäckablage deutet.

»Klar, kein Problem«, sage ich.

Die Dame nickt und entfernt sich mit einem gefühlten Kopftätscheln. Als wir in Berlin ankommen, hieve ich den Koffer herunter, lächle ihr freundlich zu und mache mich daran, meinen Rucksack aufzusetzen. Aus den Augenwinkeln sehe ich, wie die Alte in ihrer Handtasche wühlt.

Dann sagt sie »Vielen Dank, junger Mann!« und hält mir ihre Hand zur Verabschiedung hin.

Oh nein, denk ich, das kann die doch nicht machen. Der alte Oma-Trick.

Aber um nicht unhöflich zu erscheinen, reiche ich ihr wider besseres Wissen die Hand. Es knistert, und wie befürchtet löst sich von ihrer papyrusartigen Haut ein Geldschein ab, der sich warm und kantig in meine Hand fügt.

»Das geht nicht!«, sage ich bestimmt und halte das kleine Zehn-Euro-Quadrat möglichst weit weg von mir in ihre Richtung.

Die Dame winkt ab: »Doch, doch, bitte, nehmen Sie es, Sie machen mir damit eine Freude!« Spricht's, zwinkert mir zu – und rennt weg. Zugegeben, alte Frauen mit großen Koffern sind jetzt nicht das Erste, was man mit Spitzengeschwindigkeit assoziiert. Aber rein gestisch hat sie gerade »Gönnerflucht« begangen und mich mit meinem Gewissen allein gelassen. Natürlich könnte ich das Geld gebrauchen. Ich mein, hey, zehn Euro. Das sind mindestens zehn Sterni. Trotzdem rumort es düster in meiner Seele. Seufzend mache ich mich auf den Weg, die Betriebsstätte der nicht näher zu bezeichnenden Beförderungsdienstleistungsgesellschaft zu verlassen, und knülle dabei unentschlossen den Geldschein in meiner Hand.

Als ich aus dem Ausgang komme, schlurft ein zerlumpter Punker mit Kapuzenpulli um die Ecke und hält mir lustlos einen abgegriffenen Pappbecher einer nicht näher zu bezeichnenden Fast-Food-Kette unter die Nase: »Haste vielleicht 'ne kleine Spende oder 'nen Fahrschein, den du nicht mehr brauchst?«

Ich halte inne, grinse triumphierend und stecke den Geldschein in seinen Becher. Er starrt einige Sekunden erstaunt auf das Papier. Dann schaut er mich an. »Äh ... Danke, Alter? – Ist das Falschgeld oder was?«

»Nee«, sage ich. »Ganz echt.«

»Willst du mich verarschen, Mann?«

»Nein. Wirklich nicht. Du kannst es vermutlich besser gebrauchen als ich.«

Der Punk mustert mich misstrauisch von oben bis unten.

»Nimm's, du machst mir damit eine Freude!«, sage ich noch mal bestimmt.

»Ey, das kann ich nich'«, sagt er plötzlich und hält mir den Schein entgegen.

Kurz überlege ich. Dann lächle ich ihn an – und renne weg.

Verwirrt schaut Pille dem seltsamen Typen hinterher, der ihm gerade zehn Euro gegeben hat und dann einfach weggerannt ist. Es ist ihm zwar schon mal passiert, dass irgendwer aus irgendeinem Grund ein Zwei-Euro-Stück in den Becher geworfen hat. Aber zehn Euro, da kann eigentlich irgendwas nicht stimmen. Ratlos betrachtet Pille den Geldschein, während einige Leute an ihm vorbeigehen, die ihrerseits misstrauisch auf den Zehn-Euro-Schein schauen, den dieser abgewrackte Punk in der Hand hält.

»Scheiße«, murmelt er und überlegt. Natürlich könnte er das Geld gebrauchen. Zehn Euro! Das sind mindestens zehn Sterni! Aber irgendwie fühlt es sich nicht richtig an, denkt er und murmelt dann noch einmal »Scheiße«, weil ihm das Wort so gefällt.

Plötzlich sieht er seine Mutter vor sich, wie sie mit erhobenem Zeigefinger im Kinderzimmer steht, die linke Hand in die Hüfte gestemmt, und ihm einen Vortrag darüber hält, dass man nicht immer nur nehmen könne, sondern auch mal geben müsse, er solle mal an die armen kleinen Kinder in Afrika denken, die hätten nicht mal was zu essen.

Von einer plötzlichen Wut erfasst knüllt Pille den Schein zusammen, nimmt seinen klimpernden Rucksack und

schreitet energisch zu einer Filiale einer nicht näher zu bezeichnenden Discounterkette.

Als er ein wenig später, die Arme voller Bierflaschen, in
der Kassenschlange steht, fällt sein Blick auf ein kleines Mädchen, das mit verweinten Augen vor dem Zeitschriftenregal
kniet, schniefend auf eine bunte Comiczeitschrift zeigt und
lautstark zu verstehen gibt, dass die ihr gehören sollte. Die
Mutter des Mädchens krallt sich, ihr Kind demonstrativ igno-
rierend, genervt an einen Einkaufswagen.

Pille überlegt kurz, dann drückt er dem Mädchen den
Zehn-Euro-Schein in die Hand, tätschelt ihr den Kopf und
stapft eilig zurück in Richtung Getränkeregal.

Die kleine Frenja blickt erstaunt hinter dem unheimlichen
Mann mit dem vielen Metall am Rucksack und im Gesicht
her, der gerade um eine Ecke biegt. Dann wischt sie sich
mit dem Ärmel den Rotz von der Nase und schaut auf das
knisternde, rot-weiße Papier in ihrem Händchen. Das sieht
genauso aus wie einer der Bezahlscheine ihres Kinderkaufla-
dens, nur größer. Das war Geld! Der unheimliche Mann hat
ihr echtes Geld geschenkt! Mit einem Glucksen springt sie
auf, presst sich die Zeitschrift mit den tollen bunten Bildern
darauf an die Brust und rennt zu ihrer Mama, der sie eu-
phorisch Zeitschrift und Geld entgegenstreckt: »Guck mal,
Mama!«

Frenjas Mutter schaut auf sie herab und runzelt die Stirn.
»Woher hast du das?«, fragt sie misstrauisch.

»Ein Mann hat mir das geschenkt! Jetzt haben wir Geld
dafür!«, ruft Frenja und hüpft ein bisschen. Ärgerlich reißt
ihre Mutter ihr den Schein aus der Hand und blickt sich um.

»Welcher Mann?«, fragt Frau Lehmbach.

Das Mädchen deutet auf das Regal, hinter dem der unheimliche nette Mann mit dem vielen Metall im Gesicht verschwunden ist. »Der ist da lang.«

Frau Lehmbach geht mit energischen Schritten zu dem Regal und schaut in die Getränkeabteilung. Außer einem abgewrackten Punk, der sich am Bier zu schaffen macht, und einer dicken Frau, die ein Stück weiter gedankenverloren einen Salatkopf in den Händen dreht, ist nichts zu sehen.

Frau Lehmbach geht zurück, reißt ihrer Tochter die Zeitschrift aus der Hand und wirft sie zurück ins Regal.[3] »Das gehört nicht dir!«, schimpft sie und wedelt mit dem Schein.

Das Mädchen starrt ihre Mutter fassungslos an, und ihre Augen füllen sich langsam wieder mit Tränen. »Aber der Mann hat mir das geschenkt!«, kreischt sie.

»Niemand verschenkt einfach so Geld«, schnauzt Frau Lehmbach. »Das verstehst du noch nicht. Und jetzt hör auf zu heulen! Man kann eben nicht alles haben. Denk mal an die kleinen Kinder in Afrika, die haben nicht mal was zu essen!«

An der Kasse gibt Frau Lehmbach den Schein der Kassiererin. »Hier, den hat meine Tochter angeblich gerade von jemandem geschenkt bekommen. Ich glaub, sie hat ihn gefunden. Wahrscheinlich ist das Falschgeld oder so was.«

Bedienerin 12 nimmt den Schein und runzelt die Stirn. Dann zuckt sie mit den Schultern »Na ja, vielleicht meldet sich ja jemand«, sagt sie, lächelt und kassiert weiter ab.

Später, bei der Kassenzählung, fällt ihr Blick noch mal auf den verknitterten Zehn-Euro-Schein, den ihr diese unange-

---

3 Die Zeitschrift. Nicht die Tochter.

nehm zackige Frau mit dem lautstark plärrenden Kind gegeben hat. Niemand hat sich gemeldet. Sie hält den Schein
unter die Leuchte zum Überprüfen von Geldscheinen. Offenbar kein Falschgeld. Ohne zur Kamera zu blicken, tut sie
so, als würde sie den Schein in die Kasse stecken, knüllt ihn
aber blitzschnell zusammen und lässt ihn in ihrem Ärmel
verschwinden. Dann zieht sie sich an, verabschiedet sich von
ihren Kolleginnen und geht zur Bahn. Auf dem Weg über-
kommt sie ein plötzliches Unbehagen. Obwohl sie genau
weiß, dass es nicht so ist, hat sie das Gefühl, als hätte sie etwas
geklaut. Aber was hätte sie machen sollen? Wenn sie der Ge-
schäftsleitung Bescheid gegeben hätte, hätte die den Zehner
wahrscheinlich selber behalten. Aber wen interessieren schon
zehn Euro, die nirgendwo fehlen? Andererseits wurden woan-
ders schon Mitarbeiterinnen entlassen, weil sie versehentlich
Pfandbons weggeworfen hatten. Während sie darüber nach-
denkt, kommt Bedienerin 12 an einem Obdachlosen vorbei,
der auf einer Bank schläft. Von einem plötzlichen Impuls
erfasst, schaut sie sich um, greift in ihre Tasche nach dem
Schein und legt ihn dem furchtbar stinkenden Mann in die
dreckigen Hände. Dann läuft sie schnell weg.

Hartmut träumt mal wieder den Traum, den er immer träumt,
wenn er nicht so viel getrunken hat: Sein Bruder und er haben ein Stofftier geschenkt bekommen und streiten sich darum, wem es gehört. Erst rangeln sie miteinander, dann greift
sein Bruder den armen Bären an einem Ohr und er selbst an
einem Bein, und beide zerren an dem Tierchen, während sie
sich mit vollem Gewicht nach hinten lehnen. Als Hartmut das
Geräusch einer reißenden Naht hört, lässt er erschrocken los,
weil ihm der Bär plötzlich unendlich leidtut. Er verliert den

Halt und fällt nach hinten in bodenlose Schwärze. Mit einem Schrei schreckt Hartmut hoch und schüttelt den Kopf. Einige Meter weiter wird der Zehn-Euro-Schein von einem kalten Windstoß über den Beton getragen.

Der junge Wind betrachtet den rot-weißen Papierfetzen von allen Seiten und lässt ihn ein wenig tanzen, kleine Pirouetten drehen und Purzelbäume schlagen. Vergnügt stellt er fest, dass das Papier außerordentlich gut tanzen kann, und so verbringen sie einige Minuten miteinander in selbstvergessenem Spiel. Doch dann merkt der Wind plötzlich, dass er gar kein Lebewesen ist und Bewusstsein haben kann, verabschiedet sich deshalb von dem Schein und lässt ihn zu Boden segeln, wo er sogleich von einem Besen erfasst wird.

Manne fegt gedankenverloren Müll vom Bahnsteig auf das Kehrblech. Zumindest den Müll, den er kriegen kann. Der Wind bringt heute mal wieder alles durcheinander. Manchmal denkt Manne, dass er den sinnlosesten Job im ganzen Universum hat. Irgendwo hatte er mal gehört, dass die Unordnung im Universum immer mehr zunehmen würde oder so was. Wenn es also eine Art Naturgesetz war, dass das Chaos immer weiter zunimmt, warum soll man dann überhaupt noch sauber machen? Auf der anderen Seite hieße das ja auch, dass Leute wie er immer gebraucht würden. Wobei, irgendwann machen wahrscheinlich Roboter diesen ... War das ein Zehn-Euro-Schein, den er da gerade aufgefegt hatte?

Manne bückt sich und zieht den Schein aus dem anderen Dreck. Hm, denkt er. Vielleicht hat ein bisschen Chaos doch was für sich.

»Ahh«, sagt da plötzlich eine Stimme über ihm. »Das ist bestimmt meiner!«

Manne schaut auf. Vor ihm steht ein schlanker Herr im Anzug, der ihm lächelnd die Hand entgegenhält. Einem Impuls der Gewohnheit folgend streckt Manne ebenfalls seine Hand aus, um die des Herrn zu schütteln, doch dieser zieht seine blitzschnell wieder zurück und deutet dann lächelnd auf den Schein: »Nein, nein – den da meinte ich.«

Manne runzelt irritiert die Stirn, hält dann aber dem Herrn, überrumpelt von der Situation, einfach den Schein hin. Dieser nimmt ihn, nickt Manne noch einmal zu und entfernt sich mit eiligen Schritten.

»Das wurde auch langsam Zeit«, sagt der Herr zu dem Zehn-Euro-Schein. Dann wedelt er kurz mit dem Schein in der Luft, als würde er etwas abschütteln wollen, holt ein Bündel mit weiteren Scheinen aus seiner Innentasche und steckt ihn dazu. »Das nächste Mal kommst du aber ein bisschen schneller zurück.«

Wie's damals war

Meine Freunde Maurice, Lillith, unser Mitbewohner und ich haben uns getroffen, um einen »Wie's damals war«-Abend zu zelebrieren. Damals heißt in unserem Fall Anfang zwanzig, und wie's war: so, wie man sich das im Nachhinein vorstellt, wie es mit Anfang zwanzig war. Angeblich haben wir uns da immer bereits am frühen Abend getroffen, gemütlich beieinandergesessen, Brettspiele gespielt, geplaudert oder diskutiert und dabei allmählich vorgeglüht. Dann haben wir uns offenbar bereits gegen 22 Uhr auf den Weg in die beste Kneipe der Welt gemacht, in der immer alle waren. Von da aus sind wir dann perfekt eingepegelt in einen Club beziehungsweise eine »Disco« gegangen. Dort angekommen, haben wir wohl umgehend angefangen zu tanzen, am laufenden Band nette Leute kennengelernt und sind genau zum richtigen Zeitpunkt glücklich nach Hause gewankt, nicht aber ohne uns für den nächsten Tag zum Brunch oder wahlweise für eine Demo zu verabreden. Geile Zeit. Und es war auch immer Sommer. Manchmal lag sogar Schnee!

Wir sitzen also in unserem WG-Wohnzimmer und spielen unser Lieblingsspiel *Rheinländer*. Ein Brettspiel, wie es sein muss: Spätestens nach der Hälfte des Spielverlaufs hasst man sich mit tiefster nur denkbarer Inbrunst, will aber auf keinen Fall aufhören. Genau der richtige Start für einen gemeinsamen Abend. Es gibt diesen Spruch: »Beim Spiel kann man in einer Stunde mehr über einen Menschen erkennen als in einem Jahr Gespräch.« Ich sage: Spiele eine Stunde *Rheinländer* mit jemandem, und du erkennst ihn nicht wieder.

»**Du wagst es, mich hier anzugreifen, obwohl ich dich sechs Runden lang dort in Ruhe gelassen habe, du beschissenes Schandbalg?!!!**«, überschlägt sich Maurice' Stimme. Er ist auf den Tisch geklettert und deutet mit zitterndem Finger auf eine Ansammlung von Spielplättchen, während er Lillith mit zusammengekniffenen Augen anfunkelt.

Lillith schnaubt arrogant und macht eine wegwerfende Handbewegung: »Pfff. **Was willst du denn mit deiner lächerlichen Ansammlung von Kompaniehuren dagegen tun, hm?**«

»Bierchen?«, frage ich in die Runde.

Maurice sagt schlagartig ruhig und freundlich: »Nee, eigentlich sollten wir mal lieber die anderen Drinks an den Start bringen, damit wir hier nicht versacken.« Denn die wichtigste Regel unserer Spielabende besagt: Was im Spiel ist, bleibt im Spiel. Alles andere würde tragisch enden.

Um das »Wie's damals war«-Motto etwas weiter auszustaffieren, sollten wir alle die Zutaten für unseren Lieblingsdrink von Anfang zwanzig mitbringen. Das hat so mäßig geklappt. Unser Mitbewohner hat den Plan offenbar vergessen und einfach nur Limonade mitgebracht, ich habe Bier dabei und Maurice Wodka-Mate. Ohne Mate. Weil er das damals noch nicht kannte. Einzig Lillith hat eine Rucksackladung Flaschen dabei, um einen selbst kreierten Cocktail zu mixen, den sie »Robespierre« getauft hat. Weil man durch ihn schnell den Kopf verlieren kann, wie sie sagt.

Mit großer Geste stellt Maurice seine Flasche Wodka auf den Tisch.

»Hmm, Fürst Strangolov. Klingt vielversprechend«, sage ich. »Da hast du keine Kosten und Mühen gescheut, was?«

»Hey«, sagt Maurice und zuckt mit den Schultern. »Der Plan war, es so zu machen, wie's damals war. Also hab ich ganz unten ins Regal gegriffen. Schenk mal ein, ich überlege solange, wie ich **mich gegen die hinterhältige Attacke dieser elenden Ansammlung von Merkmalen, die angeblich ein Mensch sein sollen, zur Wehr setze!!!**« Er deutet auf Lillith.

»Wir könnten auch Drogen nehmen«, schlägt unser Mitbewohner vor.

Ich schenke jedem von uns ein Gläschen Wodka ein. Maurice legt ein Spielplättchen, und Lillith tritt unter wüsten Beschimpfungen nach seinen Beinen. Wir leeren gemeinsam die Gläser und haben alle einen 30-sekündigen Hustenanfall. Wie damals. Bestimmt.

»Dieser Fürst Strangolov muss ein ganz schönes Arschloch gewesen sein, wenn die ihm so ein Gesöff gewidmet haben«, sagt unser Mitbewohner. »Vielleicht sollten wir lieber Drogen nehmen.« Stattdessen trinken wir noch ein Gläschen. Während wir husten, mache ich schnell einen Spielzug.

Lillith schaut mich fassungslos an. »**Was wird das denn? Glaubst du, ich merk das nicht? Immer auf die, die es schon abkriegen, oder was?**«

»Das war ein präventiver Racheakt«, erkläre ich unschuldig. »Ich bin mir sicher, dass du mir früher oder später Schaden zufügen wirst.«

»**Dir ist schon klar, dass der da ...**«, sie deutet auf unseren Mitbewohner, der abwesend in die Gegend starrt, »**... dieses**

Spiel gewinnen wird, weil sich einfach niemand um ihn kümmert?«

»Er ist auch gleich Erzbischof«, murmelt Maurice warnend. »Vermutlich will er einen Gottesstaat errichten.«

»Keine Vergleiche zur realen Welt, bitte«, maßregle ich ihn.

»Dann sollten wir Drogen nehmen«, schlägt unser Mitbewohner vor.

»Maik, damals warst du nicht so'n Moralapostel«, sagt Maurice. Alle lachen. Weiß gar nicht, warum.

Fünf Spielrunden und drei Wodka-Mate ohne Mate später legt unser Mitbewohner sein letztes Spielplättchen und hat haushoch gewonnen. Einige Minuten lang schauen alle apathisch und abgeschlagen auf das Spielfeld, und keiner sagt was, während völlig unpassend und übertrieben laut *System of a Down* aus den Boxen ballert.

»Vielleicht wäre Mate doch ganz gut gewesen«, sage ich müde.

»Hm-hm«, macht Maurice.

»Wir könnten Drogen nehmen«, schlägt unser Mitbewohner vor.

»Ich mache uns erst mal einen Cocktail«, sagt Lillith und beginnt zu mixen. Eine halbe Stunde später hat jeder von uns ein Glas mit neongrüner Flüssigkeit vor sich stehen.

»Und das bringt einen jetzt nach vorne, ja?«, frage ich.

»Na ja«, sagt Lillith. »Ob der einen jetzt zwingend nach vorne bringt, weiß ich nicht. Aber auf jeden Fall bringt er einen irgendwie weg.«

»Wia müssn jetzt dringend in die Kneipe, ihr Schnuggels, wir sin scho spät dran«, mahnt Maurice eine weitere Stunde später.

»Ja, wir sollten dringend jetzt mit den Drogen anfangen, sonst wird das nämlich zu spät«, ruft unser Mitbewohner dazwischen.

»Ach, Kneipe lohnt sich donnich mehr«, leiert Lillith. »Lasst uns lieber gleich dansen gehen.«

»Gute Idee, und vorher nehmen wir ein paar ...«

»Ich ha eigentlich gar keine richtige Lus auf Club«, sagt Maurice. »Da müssen wir doch erst ma ne Stunde anstehn, un das vermutlich an drei Clubs, weil Maik wie immer zu doof ist, in die ersten zwei reinzukomm ... Und ich sach ma: Überhaupt steht ›Stehen‹ allmählich nich mehr ganz oben auf der Pioritätenliste meines ... wie heißt das? ... Gehirns. Vielleicht hätt'n wir doch nich zwei von diesen Robespierre...dingern tringn solln. Inne Kneipe kann man wenigsens erst ma ... est ma noch n bisschen sitzn, slang man noch einen sitzen hat.«

Ich hebe den Zeigefinger. »Freunde! Und -innen. Club oda Kneipe. Tanzen oda Sitzen. Aktiv oda passiv. Es gibt nur eine Möglichkeit, diese Frage auf vanünftige Art und auch Weise zu klärn.« Ich deute auf das Spielfeld vor uns. »Wir spielen eine Partie *Rheinländer*, und wer gewinnt, darf entscheidn, wo es langgeht! Oda hin.«

Gegen halb neun morgens stütze ich mich bedeutungsschwanger auf den Tisch. »Also!«, sage ich. »Ich fazze noch ma zusamm: Wer diese Partie gewinnt ... darf entscheiden. Ob wir inne Kneipe odain Clup gehen, wer zum Späti gehd, um noch ma Szutaten für diesen verdallemeiten Cocktail an den Staat zu bringn, wea mit Anfang zwanzich die größte Padykanone war, wer hier am Tisch das größte Arschloch is, ob die klassischn Kagedorien der Kritikderpolidischenökonomie auf die digitalisiete Welt weitahin anwendbar sind,

welcha dea fünf vorgebrachten Standpunkte sum Nahostkon-
fikt der richtije ist und op ein Leben nach dem Tod in quan-
tentheoreischerhinsicht waarscheinlich erscheint. Ich denke
... damit ist diese Patie *Rheinlända* die wohl wichtichste Patie,
die jemals im bekannten Univeasum gespielt wurde. Und be-
voa ich meinen ersten Spielzug bejinne, möchtich vor allem
eines zum Ausdruck brin: Das Motto »wie's damals wa«
sollte eigentlich dazzu dienen, ein Abend so zu verbringn,
wie wirn nie verbracht ham. Aba die Verganheit hadduns ein-
gelullt. Holt. Eingeholt. Es iswie imma: eine endlose Patie,
die partylos endet. Oda so. Egal. Ich hasseeuch. Und dafür lie-
bich euch. Nehmt das!« Dann setze ich den ersten Spielstein
dieser wichtigen Partie.

Über die Faulh

Talk mit System

»Guten Abend, meine Damen und Herren, herzlich willkommen zu *Talk mit System*. Ich bin die Demokratie und freue mich sehr, dass Sie dabei sind. Heute heißt unser Thema: »Zukunft – ja oder nein?« Und dazu begrüße ich folgende Gäste im Studio:

Den Kapitalismus. – Er gilt als »Mr. Wohlstand«. Als erfolgreichster Unternehmer der Menschheitsgeschichte verdanken wir ihm bahnbrechende Erfindungen und eine nie da gewesene Leistungssteigerung. Dafür wird er von seinen Anhängern geradezu religiös verehrt.
Kritiker jedoch werfen ihm Einseitigkeit vor. Der Kapitalismus hält dagegen: »Das stimmt nicht. – Geben und Nehmen erfordert immer zwei Parteien.«

Den Kommunismus. – Lange galt er als größter Konkurrent des Kapitalismus, musste aber zu guter Letzt seine Niederlage eingestehen, und viele behaupten, vor allem vor sich selbst. Denn trotz jahrelanger Bemühungen um Aufklärung sieht er sich weiterhin schweren Anschuldigungen ausgesetzt. Wird es ihm heute gelingen, diese Vorwürfe zu entkräften?

Die Anarchie. – Sie gilt als Enfant terrible unter den Gesellschaftssystemen, und ihr wird immer wieder soziale Inkompetenz, moralische Unfähigkeit und ausfälliges Benehmen unterstellt. Was sie dazu zu sagen hat und ob sie sich doch benehmen kann, werden wir heute sehen.

Den Faschismus. – Er ist als rücksichtsloser Hardliner bekannt, und sein Credo ist eindeutig: »Die Menschen wollen Führung!« Trotzdem gilt gerade der Faschismus als schlechte Besetzung für Spitzenpositionen. Er hingegen behauptet, es sei nur eine Frage der Zeit, bis man ihn wieder dorthin beordert.

—

Demokratie: Meine erste Frage geht an den Kapitalismus, ich grüße Sie. – Was glauben Sie: Zukunft – ja oder nein?

Kapitalismus: Guten Tag, Frau Demokratie, schön, dass Sie mich mal wieder eingeladen haben!

> **Anarchie:** Mal? Sie sind hier doch Dauergast ...

Kapitalismus: Also, ich denke, für die Zukunft ist es vor allem anderen sehr wichtig, dass wir das wirtschaftliche Wachstum nicht aus den Augen verlieren und natürlich auch den Wettbewerb fördern.

Demokratie: Also ... weiter wie bisher?

Kapitalismus: Oh, nein, nein. Nicht weiter wie bisher, da haben Sie mich jetzt völlig falsch verstanden. Im Gegenteil, man sollte nie still stehen und immer bereit sein, sich zu verändern. Daher denke ich, dass wir *noch mehr* Wachstum brauchen! Ich sage ja immer so schön: Man wächst mit seinen Ausgaben.

Demokratie: Glauben Sie nicht, dass auch Wachstum irgendwann mal ein Ende haben könnte?

Kapitalismus: Nein.

Demokratie: Ein Klares Statement ... Aber haben Sie auch Gründe für diese Annahme?

Kapitalismus: Nun, es werden doch immer wieder neue Bereiche erschlossen oder erfunden, die sich ausb... verwerten lassen. Und solange die Menschen Bedürf...

... ist letztlich alternativlos.

Demokratie: Das lasse ich jetzt erst mal so stehen und frage hierzu direkt den »Erzrivalen«: Herr Kommunismus, Sie stimmen dem, was der Kapitalismus gerade gesagt hat, offensichtlich nicht zu?

Kommunismus: Also in einem Punkt stimme ich ihm durchaus zu: Ich denke auch, wir brauchen dringend Wachstum. Wir sollten endlich über den Kapitalismus hinauswachsen!

Demokratie: Ja ... für ... für diese rhetorische Figur gibt es auch gleich Gesinnungsapplaus und Zustimmung im Studio. Sind das die Leute, die Sie mitgebracht haben, oder haben Sie das Gefühl, dass Sie in letzter Zeit tatsächlich wieder mehr Zustimmung erfahren?

Kommunismus: Lassen Sie es mich so ausdrücken: Es sind ja letztlich nur diejenigen wirklich von einem System überzeugt, die darin oder auch dadurch gewinnen. Und es wird eben zusehends deutlicher, dass der Kapitalismus das nur für einige wenige leisten kann.

Kapitalismus: Na, na, na!

Kommunismus: Ich denke, wenn man ein System möchte, von dem alle überzeugt sind, hinter dem alle stehen und zu dessen Bestehen auch alle ihr Bestes beitragen, muss es eines sein, welches alle zu Gewinner*innen macht. Und das merken ...

                    Kapitalismus: Sie wissen genau, dass das Blödsinn ist! Bei mir hat jeder eine Chance ...

Kommunismus: Ja eben – *jeder*. Aber nicht mal *jede*. Und vor allem nicht *alle*!

Kapitalismus: Ja, es funktioniert wohl auch kaum, alle gewinnen zu lassen, dann könnte auch genauso gut keiner gew...

Demokratie: Bitte, Herr Kapitalismus, Sie hatten gerade Ihre Zeit, jetzt geben Sie auch anderen die Möglichkeit, ihre Ansichten darzulegen. – Also, Sie sagen das jetzt so frei heraus, Herr Kommunismus, aber da könnte oder muss man ja eigentlich einwenden, dass Ihre Vergangenheit in dieser Hinsicht ja nicht gerade unbelastet ist. Würden Sie sagen, dass da alle Gewinner waren, aber es einfach nicht bemerkt haben?

Kommunismus: Sehen Sie, das ist natürlich ein kompliziertes Thema ... Sagen wir es so: Ich bin in vielerlei Hinsicht an die falschen Leute geraten.

Demokratie: Glauben Sie, es ist damit getan, einfach zu sagen, Sie seien an die falschen Leute gera...

Kommunismus: ... und letztlich hatte Marx mit dem, was da später in der Sowjetunion, der DDR oder auch irgendwelchen asiatischen Ländern veranstaltet wurde, in etwa so viel zu tun wie Jesus mit den Kreuzzügen: Es wurden eine Reihe Dekorationsartikel mit seinem Konterfei hergestellt, einige griffige Zitate druntergeklatscht, und schon hatte man die Verantwortung für die eigenen Untaten ins Jenseits verschoben. Das, was dann passiert ist, war nicht der Plan ... Da wurde wohl etwas falsch verstanden.

Demokratie: Bei Marx oder bei Jesus?

Kommunismus: Ha, na ja, eigentlich bei beiden. Wobei man vom Sohn Gottes vielleicht doch noch ein bisschen mehr Weitsicht hätte erwarten können, was gewisse Aussagen angeht ...

> **Anarchie:** Na ja, wenn ich Wasser in Wein verwandeln könnte, würde ich jetzt auch nicht immer für meine Zurechnungsfähigkeit garantieren!

Demokratie: Also wirklich überzeugend klingt das für mich, ehrlich gesagt, noch nicht, aber ich will es zunächst mal dabei belassen.

Frau Anarchie, Sie haben sich jetzt schon ein paar Mal ungefragt zu Wort gemeldet, jetzt frage ich Sie mal direkt: Ihre Versprechungen klingen bisweilen auch ein wenig so, als könnten oder zumindest wollten Sie Wasser in Wein verhandeln ...

> **Kapitalismus:** *Das* ist wohl eher mein Job. Haha.

Demokratie: Ha, ja ... *verwandeln* natürlich, Entschuldigung. – Eine Welt, in der jeder einfach machen kann, was er will. – Wie stellen Sie sich das vor, Frau Anarchie?

Anarchie: Also zunächst mal möchte ich klarstellen: Ich habe entschieden etwas dagegen, dass jeder oder jede einfach macht, was er oder sie will. Sie verwechseln mich da. Mal wieder.

Demokratie: Und zwar mit?

Anarchie: Meiner bescheuerten Halbschwester Anomie.

Demokratie: Aber es geht Ihnen doch um die uneingeschränkte Freiheit des Einzelnen und eine Art ... kreatives Chaos?!

Anarchie: Äh ... nein.

Demokratie: Sondern?

Anarchie: Na, eigentlich erst mal nur darum, dass sich niemand so viel Macht aneignen darf, dass er anderen seinen Willen aufzwingen ...

... und für so etwas braucht es eigentlich ziemlich viele Abmachungen und Regeln.

Demokratie: Also setzen Sie sich letztlich für einen Zustand fortwährender Diskussion ein? Das klingt sehr aufwendig.

Anarchie: Na ja. Freiheit kann halt sehr anstrengend sein. Vor allem die der anderen.

Demokratie: Herr Faschismus, Sie schütteln den Kopf. Was halten Sie von einem solchen Konzept?

Faschismus: Hm. Also dem letzten Punkt würde ich sogar ein Stück weit zustimmen: Freiheit macht Arbeit.

Anarchie: Wi-der-lich!

Demokratie: Aber was würden Sie sagen? Freiheit und Zukunft – passt das Ihrer Ansicht nach überhaupt zusammen?

Faschismus: Das kommt ganz darauf an, was man unter Freiheit versteht, liebe Frau Demokratie. Viele Menschen betrachten es als sehr befreiend, wenn Ihnen Entscheidungen abgenommen werden. Oder Verantwortung. Es kann sehr aufregend sein, sich einfach fallen zu lassen.

Demokratie: Aber ist das nicht eine Scheinfreiheit? Eher eine Befreiung von der Freiheit?

Faschismus: Nun ... richten Sie mit Ihren schönen Augen

doch mal einen Blick auf die Geschichte: Immer wieder unterwerfen sich die Menschen. Freiwillig. Unter Götter, Herrscher, Sachzwänge ... – Die Menschen lieben Fesselspiele! Sie wissen vermutlich nicht einmal wirklich, was Sie meinen, wenn Sie das Wort Freiheit ...

... und ich habe ja mit allen hier in der Runde schon mal ... *intime* Erfahrungen gemacht.

> **Kommunismus:** Das ist eine völlig falsche Darstellung!
> **Anarchie:** Pff! Sicherlich nicht!
> **Kapitalismus:** Das ist wirklich nicht ernst zu nehmen!
> **Demokratie:** Ich weiß jetzt nicht, wovon Sie reden!

Faschismus: Hm. Nun ja. Zumindest bin ich jederzeit bereit, meine ... besonderen Fähigkeiten zur Verfügung zu stellen, wenn man mich drum bittet. Und da ich in der Regel immer dann von Ihnen in diese Runde eingeladen werde, wenn sich die Menschen mal wieder nach einer gewissen, sagen wir, Stärke und Einheit sehnen, und ich heute hier sitze ...

> **Kommunismus:** Da hat der Kollege Kapitalismus mal wieder ganze Arbeit geleistet!

Kapitalismus: Wie bitte? Wollen Sie mir jetzt die Schuld dafür in die Schuhe schieben?

Kommunismus: Na, warum fühlen sich die Leute wohl schwach und entfremdet und laufen so einem nach, hm?

Kapitalismus: Das ist eine völlig unhaltbare ...! Wir brauchen mehr Leistungsgerechtigkeit, *das* zeigt das!

Kommunismus: Jetzt kommen Sie schon wieder damit! Es liegt wohl eher an genau dem, was Sie als »Leistungsgerechtigkeit« bezeichnen, dass sich viele Menschen so fühlen!

Kapitalismus: Ich denke nicht ...

Anarchie: Ja, das ist mir auch schon aufgefallen.

Kapitalismus: Ich denke nicht, dass diese Probleme etwas mit ...

... im Gegenteil! Eine funktionierende, wettbewerbsorientierte Wirtschaft ...

... ist es wichtig, für Dynamik zu sorgen ...

... muss der Markt agil bleiben, sonst trocknet er aus. Daher muss immer Bewegung ...

... ein Fluss, der durch verschiedenste Landschaften fließt. Und es liegt in der Verantwortung aller, natürlich auch derjenigen, die am oberen Flusslauf leben, dafür zu sorgen, dass er weiterläuft und nicht verschmutzt wird, denn das hätte auf lange Sicht ja auch schlechte Folgen für diejenigen weiter oben.

Anarchie: Also, wenn ich Ihr Bild mal ein bisschen korrigieren dürfte: Wenn dieser Fluss Geld oder Wohlstand darstellen soll, haben Sie in jedem Fall dafür gesorgt, dass der Fluss bergauf fließt, und es liegt verdammt noch mal in der Verantwortung derjenigen, die am unteren Ende sind, endlich da reinzupissen, damit er für die da oben ungenießbar wird!

Kommunismus: Dem stimme ich in gewisser Weise zu. Ich

finde, man sollte lieber versuchen, den Fluss wieder in die richtige Richtung fließen zu lassen, statt ihn zu verunreinigen.

Kapitalismus: Mit Ihren Kommentaren entlarven Sie sich selbst! Es geht Ihnen doch nur ...

Kommunismus: ... statt am Ideal der Plackerei festzuhalten, sollte doch alles daran gesetzt werden, dass das Leben leichter und gesünder wird! Wir müssen mal anfangen, die Gesellschaft darauf auszurichten, möglichst vielen Menschen ein angst- und sorgenfreies Leben zu ermöglichen!

Kapitalismus: Pfff! Schauen Sie sich doch mal auf der Welt um: Noch nie ging es so vielen Menschen so gut! Noch nie war die Lebenserwartung so hoch! Noch nie gab es so viel Wohlstand!

Kommunismus: Okay, gut. Dann wäre das mit dem Fressen ja erledigt. Aber wie sieht es denn mit der Moral aus, hm? Es mag mehr Wohlstand geben, aber was nützt es denen, die daran kaum teilhaben?

Kapitalismus: Mit diesem Kommentar beweisen Sie nur mal wieder, dass Sie keine Ahnung von Wirtschaft haben.

> **Anarchie:** Na ja, wenn ich mich so auf der Welt umschaue ... Sie aber auch nicht.

Kapitalismus: Das ist lächerlich! Für eine florierende Wirtschaft braucht es ...

Jetzt lassen Sie mich doch mal ausreden!

Anarchie: Auf keinen Fall! Sie sind doch nichts weiter als ein

Bonbon-Onkel, der einem allerlei süße Versprechungen macht, aber in Wirklichkeit nichts Gutes im Schilde führt!

Kapitalismus: Dumm und frech, das ist wirklich die schlimmste Kombination! Frau Demokratie, ich bestehe auf meine Redezeit!

Demokratie: Also, äh, könnten Sie bitte den Kapi...

Anarchie: Ach, wenn Sie einen Vorteil davon haben, sollen auf einmal alle gleich behandelt werden, ja? Wo bleibt denn da Ihre »Leistungsgerechtigkeit«? Wenn wir die Redezeit hier danach bemessen würden, wie viel jemand inhaltlich zu sagen hat, dann wären Sie mit Ihrem ersten Satz schon drüber gewesen!

Kapitalismus: Aber ich bezahle diese Sendung!

Kommunismus: Na, dann wollen Sie ja sicher Gewinn machen. Hier ist mein Tipp: Wenn Sie einfach mal die Klappe halten würden; das Schweigen könnte man gar nicht mit allem Gold der Welt aufwiegen, so wertvoll wäre das!

Demokratie: Also, bitte ...

Kapitalismus: Jetzt wird es mir wirklich langsam zu bunt!

Faschismus: Das geht mir auch immer so ...

Demokratie: Was ...?

Kapitalismus: Ich werde mir das nicht weiter antun!

Demokratie: Aber Herr ... jetzt bleiben Sie doch bitte sitzen!

Kapitalismus: Nein! – Ich hätte nicht gedacht, dass ich das jemals sagen würde, aber: Genug ist genug! Ständig werde ich hier unterbrochen oder ignoriert!

Demokratie: Setzen Sie sich doch bitte wieder, ich versichere Ihnen, dass ...

Kapitalismus: Wenn Sie hier nicht dafür sorgen, dass ich zu Wort komme, muss ich davon ausgehen, dass es Sie offenbar nicht mehr interessiert, was ich zu sagen ...

Demokratie: Aber ...

Kapitalismus: ... warum sollte ich hier noch länger sitzen und mir diese ... Neiddebatten anhören!

Demokratie: Sie können doch jetzt nicht einfach gehen!

Kapitalismus: Und ob ich das kann! Auf Wiedersehen!

Demokratie: Bleiben Sie doch ... oh, nein.

Kommunismus: Huch. Na, das war jetzt aber einfacher als gedacht.

Anarchie: Ja, erstaunlich. Aber wir müssen dringend den da loswerden.

Faschismus: Meinen Sie mich? Aber warum denn? Wir hätten doch sicher viel Spaß zusammen ...

Kommunismus: Können Sie den bitte rauswerfen, Frau Demokratie?

Demokratie: Ich weiß nicht recht, ob ich das einfach so ... also ...

Anarchie: Pfff. Alles muss man selber ... äh ... Könnten Sie vielleicht mal kurz die Kamera abschalten?

Tag der Arbeit

Sigmund Freud hat mal gesagt, dass derjenige, der als Erstes statt eines Speeres ein Schimpfwort nach jemandem geschleudert hat, der Erfinder der Zivilisation sei. Folgerichtig stehe ich am 1. Mai vor einer Reihe gepanzerter Polizisten in Kreuzberg, stelle etwa einen Meter vor einem Beamten eine Flasche ab und sage freundlich: »Fühlen Sie sich beworfen.«

»Danke«, sagt der Polizist. »Fühlen Sie sich festgenommen, verprügelt und am Stadtrand wieder ausgesetzt.«

Ich nicke und wische mir eine Träne aus dem Gesicht. Ein harter Tag. – Gut, dass man über alles reden kann.

Epic Fail

Ich fahre Fahrrad. Von links bedrängt mich ein Auto, während ich gleichzeitig rechts von einem Fahrradkurier überholt werde, vor mir: ein betrunkener Junggesellenabschied, zwei Hipster-Smombies und drei kleine Kinder, die, offenbar ebenfalls betrunken, bei Rot über die vereiste Straße taumeln, sowie ein Hund, der mitten auf der Fahrbahn in einen Gulli – immerhin in einen Gulli! – kackt. Eine ganz gewöhnliche Berliner Verkehrssituation also. Alles gut.

Dann kommt die Taube. Ich sehe sie eigentlich nur als einen grauen Schatten auf mich zu schnellen und realisiere erst, dass es sich um eine Taube handelt, als mir der Schatten mit einem überraschten »Grrru?« mitten ins Gesicht klatscht.

Dann kippe ich seitlich nach hinten, knalle mit dem Rücken gegen ein weiterfahrendes Auto, werde an die Straßenseite geschleudert, kann mich gerade so vor dem nächsten Fahrrad wegrollen, komme irgendwie auf die Beine, taumle ein Stück vorwärts, pralle an einen überfüllten Mülleimer, mache eine 360-Grad-Drehung, lande auf dem Bauch, rutsche einige Meter über den – reichlich mit Splitt bestreuten, aber trotzdem spiegelglatten – Gehweg, überschlage mich schließlich ein paarmal und ballere mit dem Kopf gegen eine Bushaltestelle. Das Glas zerbricht und rieselt mir ins Gesicht.

Ich spucke eine Scherbe aus.

Ein Typ, der in der Bushaltestelle steht, starrt mich eine Weile überrascht an. Dann sagt er: »Lol.«[4]

Ein anderer Typ, der meinen unfreiwilligen Stunt offenbar ebenfalls beobachtet hat, sagt: »Voll der Dumme!«

»So was kann doch jedem mal passieren«, erwidert eine Frau mit Kinderwagen.

»Ja, wenn er dumm is'«, wiederholt der andere Typ.

»Ach, das war doch bestimmt fake«, sagt ein Junge, der mit seinem Fahrrad stehen geblieben ist.

Von weiter hinten höre ich jemanden rufen: »Und was lernen wir daraus, Kinder? Legt euch nicht mit der Schwerkraft an. Oder mit Tauben.«

Irgendwo macht eine Taube »Grrru!«.[5]

»Bei der Stelle mit der Mülltonne dacht' ich kurz, das wird 'n Werbespot für die BSR«, kommentiert jemand.

»Ich find, das sieht eher nach BVG aus«, kommentiert ein anderer zurück.

»Ich habe gerade festgestellt, dass meine Tochter sich diesen schrecklichen Unfall angesehen hat. So was sollte nicht öffentlich sein!«, ruft eine Mutter.

»Is' alles im Monatsticket. Auch die kaputte Scheibe!«, schallt es aus dem Hintergrund.

»Die arme Taube! Hoffentlich ist der nichts passiert!«, äußert eine besorgte Frau.

---

4 »Mir geht's gut, danke der Nachfrage«, denke ich. Sprechen geht irgendwie nicht. Vielleicht geht's mir doch nicht so gut.

5 Da mir des Öfteren gesagt wird, ich würde dazu neigen, immer die negativen Aspekte einer Situation hervorzuheben, habe ich mir vorgenommen, mehr positiv zu denken. Ich suche also nach den positiven Aspekten an dieser Situation ... Ich lebe noch. Das wäre so ein positiver Aspekt. Und ich bin bei Bewusstsein. Wobei ich mir noch nicht ganz sicher bin, ob das wirklich ein positiver Aspekt an der Situation ist.

»Grrrru!«, macht die Taube.[6]

»Ob der sich im Bett wohl auch so anstellt?«

»Wäre ein guter Werbespot für Versicherungen.«

»Du meinst, wenn er sich im Bett auch so anstellt? Rofl.«

»Tauben sind fliegende Ratten! Die übertragen schlimme Krankheiten und richten jährlich Schaden in Millionenhöhe an. Denen sollte viel öfter was passieren! «

»Warum hilft dem eigentlich keiner?«

»Wenn's n Flüchtling wär wär jetzt bestimmt schon ein Kompetter Notarzt Löschzug da hätte dem Schönheits Opeh geschenkt. Auf Staatskostn natülich.«[7]

»Gibt's das auch als Point of View?«

»Die Frau im Hintergund, die vor schreck ihr Falsche fallen gelassen aht, is eigentlch gnz geil. Kennt die Jemant?«

»tauben sind sehr intelligente und soziale tiere sie passen sich nur ihrer umwelt an und haben auch ein recht auf lebensraum wir Menschen müssen endlich lernen mit anderen tieren zusammenzuleben.«

»Günstige Fahrradhelme schon ab 5,99 €!«[8]

»Trauben kosten uns Steuerzahler Jährlich Unsummen an Geld. Geld, das wir für soziale Projekte wie Kitas, Karitas und Polizei ausgeben könnten. Lesen mehr dazu in meinem Buch – ›Die Taubenlüge‹.«

---

6 Ich mein, eigentlich hat es gar nicht soo wehgetan. Also noch nicht. Und wenn ich mich nicht ganz irre ... Jepp – auch den kleinen Finger kann ich allmählich wieder bewegen. Es geht voran!

7 Ich probiere, eine Faust zu ballen. Und, was soll ich sagen? Läuft.

8 Als Kind hatte ich mal einen »Stunt-Club« gegründet. Jeder, der darin aufgenommen werden wollte, musste einen Stunt vorführen. Bei Kindern heißt das in der Regel einen Unfall bauen. Da ich der Gründer des Stunt-Clubs war, musste ich zum Glück nie selber einen Stunt vorführen. Ich hatte deshalb aber immer ein bisschen schlechtes Gewissen. Das ist jetzt weg. Auch was Gutes.

»Warum steht der Typ eigentlich nicht auf?«

»Scheiß Taubenhasser! Go vegan! Und scheiß Nazis! Go, hang yourself!«

»Like him on Facebook!«

»Jeden Tag werden auf der ganzen Welt Tausende Menschen getötet, und ihr streitet euch hier über Tauben?«

»Ist klar, dass hier nach kürzester Zeit wieder mal sexistische Kommentare auftauchen. FUCK YOU!«

»Jetzt sofort schnell und billig Sex haben! Wie? Ganz einfach: Hier gucken!«

»Wohaa, Alter, mach den Mantel zu!«[9]

»Es werden auch jeden Tag Tausende Tauben auf der ganzen Welt getötet! Aber die Frage ist ja immer: Wer ist schuld daran?«

»Im Zweifelsfall die Deutschen.«

»Klar, dass hier die Deutschen mal wieder als Verbrecher dargestellt werden. Dabei hat dieses Volk so viel, worauf es stolz sein müsste. Verräter!«

»Ganz schön krass, dass das Auto einfach weitergefahren ist!«

»Will jemand billige Handys kaufen? Oder Notebooks? Oder Drogen?«

»Hast du auch Wohnungen?«[10]

»Ganz schön krass, wie diese ganzen Leute nur drum rumstehen und nichts machen.«

---

9 Mein linkes Bein beginnt zu schmerzen. Aber Schmerz wird ja häufig unterschätzt. Letztlich ist er ja auch eine interessante Information. Das Bein ist noch da. Und das ist gut so.

10 Auch dass ich allmählich bei jedem Atemzug ein immer stärker werdendes Stechen in der Brust verspüre, kann man positiv bewerten. Es zeigt mir immerhin, dass ich noch atme. Und atmen, das mach ich eigentlich ganz gern. Da braucht man auch keine Hilfe zu. Helfen wird ja auch oft überschätzt.

»Ein kluger Mann hat einmal gesagt: ›Nur der ist zur Kritik berechtigt, der eine Aufgabe besser lösen kann.‹«

»Das Zitat ist von Hitler, du Arschloch!«

»Ja, aber das heißt ja nicht zwingend, dass es fal...«

»*Wer als Nächstes kommentiert, kriegt Brechdurchfall!*«, sage ich und erhebe mich schwerfällig. Scherben und Rollsplitt rieseln an mir herunter. Einige Münder öffnen sich. Schließen sich dann aber wieder. Ich schlurfe zu meinem Fahrrad, das auf wundersame Weise noch heil auf der Straße liegt, und hebe es auf.

»Wie, und jetzt geht der einfach so weg?«, fragt jemand.

Ich schaue ihn finster an.

»Ah, scheiße!«, sagt der Typ, hält sich plötzlich den Bauch und drängelt sich schnell durch die Umstehenden davon.

Langsam beginne ich, mein Fahrrad wegzuschieben. Hinter mir höre ich ein lautes »Grrru!«. Als ich mich umdrehe, sehe ich, dass mir die ganze Meute auf den Fersen ist. Über ihnen flattert die Taube. Offenbar hat sie tatsächlich etwas auf mich übertragen: Follower.

Wir trauern um unsere geliebte Mutter,
Tochter und Enkelin.

Die Wahrheit

Sie kämpfte bis zum Schluss.

In stiller Trauer:

Ehrlichkeit und Gewissheit
Logik und Fakt
Sprache

Die Beisetzung findet täglich in Foren und Netzwerken statt.

Wir bitten, von Lippenbekenntnissen am Grab abzusehen.

Liebe Trauergemeinde!

Wir betrauern heute den Verlust einer großen Persönlichkeit: Die Wahrheit ist von uns gegangen.

Sie war eine der bekanntesten, zugleich aber wohl auch eine der umstrittensten Gestalten unserer Zeit.

Ihre gradlinige und unnachgiebige Art gegenüber ihren Gegnern war ebenso berüchtigt wie ihre Verlässlichkeit und Treue zu denjenigen, die ihr im guten Willen die Hand reichten – aber auch zu sich selbst. Niemals hätte die Wahrheit sich verstellt oder einem Fragenden die Antwort verwehrt, auch wenn sie dadurch mitunter in Kauf nehmen musste, Leid zu erzeugen.

Viele versuchten, die Wahrheit für sich einzunehmen oder zu binden, doch sie legte entschieden Wert auf ihre Unabhängigkeit und wies solche Versuche stets brüsk zurück.

Dafür hatte sie ein umso größeres Herz für Kinder und spielte bis ins hohe Alter gern Verstecken.

Sie liebte das Licht, den Wein und den Witz.

Die Kraft der Wahrheit schien unerschöpflich. Und doch verausgabte sie sich zuletzt in ihrem langen, unnachgiebigen Kampf gegen Lüge und Falschheit. Es waren wohl vor allem die vielen Verleumdungen, welche unter ihrem Namen verbreitet wurden, die sie schließlich nicht mehr zur Ruhe kommen ließen. Sie starb unter großen Qualen und mit dem Gefühl, ihr Leben verwirkt zu haben.

Die Wahrheit schweigt nun also für immer. Und dieses Schweigen wird in der Leere, die ihr Tod hinterlässt, noch lange nachhallen.

Ninja-Liebes-Haiku

Mein Herz ein Ninja
Liebe im Schatten versteckt
Doch unbesiegbar

Black Wedding
(Die Ninja-Hochzeit)

Herr und Frau Ninja waren lang schon ein Paar.
Sie liebten sich tödlich und sagten sich »Ja«.
Das Fest fand statt in tiefster Nacht,
Man hatte Familie und Freunde gebracht.

Der Bräutigam – chuw – erschien aus dem Nichts,
Die Braut im Blitze gleißenden Lichts.
Sie trugen wie immer dunkelste Tracht,
Alles andre schien unangebracht.

Gut getarnt stand so das Paar
Vor dem versteckten Hochzeitsaltar.
Dann flüsterte in geheim gehaltener Sprache
Ein Priester die Sätze zur Ehepaarsache.

Statt zu bekunden: »Ja, ich will«,
Nickten beide ebenso kurz wie auch still.
Das Tauschen der Ringe wurd' nicht bemerkt,
Auf so etwas achten Ninjas verstärkt.

Die Braut wollt' den Schleier natürlich nicht heben,
Doch Ninjas lernen viele Tricks in ihrem Leben:
Sie vollführten gemeinsam den »teilenden Tao«,
So wurd' er ihr Mann und sie seine Frau.

Nun, »Keine Zeugen« ist des Ninjas Prinzip,
Sodass der Trauzeuge als Erster verschied,
Es folgten der Priester, dann nahe Verwandte
Und wen das Brautpaar eben so kannte.

Bald war die Gesellschaft ums Leben gebracht,
Bei Ninjas ist so was schnell mal gemacht.
So haben sich die Ninjas den Ja-Mord gegeben
Und sind glücklich entflittert in ein schattiges Leben.

Hoffen wir nur, dass sich beide vertragen
Und nicht über die Macken des anderen klagen.
Denn wenn Ninjas sich doch einmal scheiden,
Sind Witwe und Witwer kaum zu vermeiden.

Dungeonkeeper

Kohal drückte gegen die eisenbeschlagene Tür, und Licht bahnte sich seinen Weg durch die entstandene Öffnung. Es hatte Ähnlichkeit mit dem Schein einer Fackel, nur ein wenig dunkler. Die Tatsache, dass es beim Öffnen der Tür nicht flackerte, bestärkte Kohals Vermutung, dass es sich um irgendeine Art magischer Lichtquelle handeln musste. Langsam zog er sein Schwert »Narbenschmied« vom Rücken und schob die Tür ein Stück weiter auf. Sein Blick fiel in einen kleinen Raum aus grob beschlagenem Fels. Gegenüber der Tür, die er geöffnet hatte, befanden sich drei weitere Türen, etwas kleiner als das Eingangsportal, jedoch nicht weniger schwer.

Mit dem Schwert voran machte er einen vorsichtigen Schritt in den Raum. Kaum hatte er seinen muskulösen Oberkörper durch den Türspalt geschoben, da hörte er plötzlich eine heisere, spitze Stimme rufen: »Kann ich Euch irgendwie helfen?«

Kohal griff sein Schwert mit beiden Händen und drehte sich kampfbereit in die Richtung, aus der die Stimme erklungen war. In der Wand zur Linken des Eingangs war eine Art Tresen eingelassen. Dahinter saß ein Goblin. Er trug eine abgewetzte, schwarz-rote Livree-Uniform, und auf seinem offenbar kahlen Schädel prangte eine kleine, rote Kappe. Der Goblin schaute Kohal mit strengem, aber höflichem Blick über die dünnen

Gläser einer Lesebrille hinweg an. Von der Decke hing ein großes Holzschild mit der Aufschrift »Information« herab.

Kohal stutze, schloss die Augen und öffnete sie wieder. Noch immer lugte ihn der Goblin über die Brille hinweg an und wartete wohl auf eine Antwort. Nach einer Weile, die Kohal weiterhin mit angespannten Muskeln dastand, nicht sicher, was zu tun war, sagte der Goblin: »Na, kommt doch mal näher, junger Mann, und schließt die Tür, sonst zieht es hier ganz furchtbar.«

»Äh ...«, machte Kohal, der Goblins normalerweise nicht mit Worten, sondern mit einem Streich seiner mächtigen Klinge zu begrüßen gewohnt war.

»Nun kommt schon, Ihr seid hier schon ganz richtig, so viele Etablissements in der Art gibt es in der Gegend ja nun auch wieder nicht. Und macht die verdammte Tür zu, wir werfen diesen Halunken von der Manna-Versorgung fürs Heizen schon mehr Gold in den Rachen als unseren Drachen Jungfrauen. Als könnten wir Dukaten scheißen.«

»Oh, äh ... ja, Entschuldigung«, sagte Kohal, plötzlich wie aus einer Trance erwachend, senkte sein Schwert, schloss eilig die Tür und begab sich dann vorsichtig an den Schalter. Es verwirrte ihn, an diesem Ort auf zivilisiertes Verhalten zu treffen. Eigentlich verwirrte es ihn *immer*, auf zivilisiertes Verhalten zu treffen.

»Soooo«, sagte der Goblin in lang gezogenem Tonfall, der darauf hindeutete, dass nun einiges an Arbeit anstand, musterte Kohal von oben bis unten und schaute dann halbherzig an ihm vorbei. »Ihr seid allein?«

Kohal blickte sich um und nickte dann. »Ja. Ich habe eigentlich alle, die mich verfolgen könnten, schon vor der Abreise getötet.«

»Sehr vorausschauend. Aber ich meine Gefährten. Habt Ihr irgendwelche Gefährten dabei, eine unsichtbare Elfe oder so was? Alles schon vorgekommen.«

»Nein, ich arbeite lieber allein.«

»Natürlich. Freiberuflicher Held, hm? Wie ist Euer Name?«

»Kohal.«

»Der Barbar?«

»Der Unbändige.«

»Aha. Und Euer richtiger Name?«

»Kohal.«

»Und wie weiter?«

»Der Unbändige.«

Der Goblin schaute auf. »Heißt so Eure Familie? Der Unbändige. Oder die Unbändigen?«

»Ich habe keine Familie mehr.«

»Oh. Das tut mir natürlich total leid. – Und was steht da jetzt auf dem Grabstein, wenn ich fragen darf? Die Gebändigten? Ha!«

»Wie?«, fragte Kohal verwirrt.

»Egal. Also Ihr habt keinerlei Angehörige, die wir im Falle Eures Ablebens benachrichtigen sollten, ja? Dann kann ich das schon mal eintragen.« Der Goblin kritzelte irgendetwas auf das Papier vor sich. »So, was ist Eure Profession?«

»Äh ... Held?«

»Schon klar. Aber geht das vielleicht ein bisschen genauer? Charakterklasse, Gattung, spezielle Sonderfertigkeiten oder Ähnliches.«

»Ja, ehm – Mensch. Barbarenkämpfer. Und Sagensänger.«

»Also sozusagen ein ›Barbarde‹ – ist diese Kombination überhaupt zulässig?«

»Wie?«

Der Goblin seufzte. »Egal, wir wollen ja heut noch fertig werden. Also weiter im Text. Welche Variante bevorzugt Ihr für Euren Weg durch den Dungeon, die blaue, die rote oder die schwarze Piste?«

»Ehm ... was ist denn der Unterschied?«

Der Goblin atmete tief durch und setzte dann mit leiernder Stimme an: »Die blaue Piste eignet sich für geübte Anfänger und Gelegenheitshelden, verfügt über recht einfach strukturierte Gänge mit wenigen, meist leicht erkennbaren Fallen und einer überschaubaren Anzahl von Monstern der unteren bis mittleren Klasse. Auf der Strecke befinden sich in regelmäßigen Abständen abgesicherte Pausenräume, und der Komplex birgt genug Schätze für ein gutes Beutegefühl, jedoch keinerlei magische Gegenstände. Der Zutritt ist ab 16 Jahren.

Die rote Piste wird ausschließlich für fortgeschrittene Abenteurerinnen und Abenteurer empfohlen, ist mit einem komplexen Gangsystem ausgestattet, in dem sich überaus effektive Fallen befinden und nur wenige Räume für eine kurze Rast geeignet sind. Die Monster setzen sich weitgehend aus der mittleren Klasse mit vereinzelten hochkarätigen Gegnern zusammen. Ein Endkampf kann optional hinzugebucht werden. Schätze sind reichlich vorhanden, und das Auffinden mindestens eines magischen Gegenstandes ist garantiert. Der Zutritt unter 18 Jahren ist nur in Begleitung Erwachsener erlaubt.«

Kohal zog die Stirn in Falten. »Und die schwarze Piste?«

»Die schwarze Piste ist ausschließlich für wirklich sehr erfahrene Helden bestimmt. Die Menge an vorhandenen Schätzen ist opulent und die enthaltenen magischen Gegenstände episch. Dafür verfügt das weit verzweigte, dynamische

Gewölbe über nahezu unüberwindbare Fallensysteme, bietet vorwiegend hochrangige Monsteraufkommen, keinerlei Möglichkeit zur Rast, und ein im Grunde nicht zu gewinnender Endkampf ist obligatorisch.«

Kohal grinste breit: »Das nehm ich!«

Der Goblin verdrehte die Augen. »Natürlich ... – Ich möchte Euch allerdings noch einmal ausdrücklich darauf hinweisen, dass das Betreten auf eigene Gefahr geschieht. Die Betreiber übernehmen keinerlei Haftung für verloren gegangene Gegenstände, Kleidungsstücke oder Körperteile. Des Weiteren sind die Betreiber von jeglicher Verantwortung ausgeschlossen, sollte es zu noch weiteren Eintrübungen des Verstandes, bleibenden Erkrankungen oder Tod kommen.«

Kohal nickte verstehend. Der Goblin schaute ihn eine Zeit lang skeptisch an, zuckte dann mit den Schultern und reichte ihm einen Papierbogen und eine Schreibfeder. »Unterschreibt bitte hier, hier und da.«

Kohal machte jeweils ein Kreuz an die Stellen und gab dem Goblin das Blatt zurück.

»Gut«, sagte dieser und deutete auf die hinterste Tür. »Na dann: Viel Spaß.«

»Ehm ...«, intonierte Kohal und schaute plötzlich etwas betreten. Dann räusperte er sich so dezent, wie es ein zwei Schritt großer Barbar konnte. »Wäre es vielleicht möglich, das hier bei Euch zu lassen, bis ich wiederkomme?« Er hob einen kleinen Gegenstand hoch, der in Leder eingewunden war. Der Goblin zog fragend eine Augenbraue in die Höhe.

»Meine Reiseharfe. Sie ist sehr empfindlich«, sagte Kohal verlegen.

»Ah ja«, sagte der Goblin, »Barbarde, hm? Wirklich bescheuerte Kombination. Aber ich muss Euch leider enttäuschen. Wir lagern grundsätzlich keine privaten Gegenstände im Empfangsbereich.«

Kohal versuchte, bittend zu blicken. Das sah sehr bedrohlich aus, aber der Goblin seufzte dann doch nachgiebig. »Na gut. Ich werd mal den Boss anrufen.«

Der Goblin entfernte sich kurz in einen hinteren Teil des Häuschens, und Kohal der Barbarde stand, das Schwert in der einen, die kleine Harfe in der anderen Hand, unschlüssig im Eingangsbereich herum. Erst jetzt fiel ihm auf, dass leise Schalmei-Entspannungsmusik im Hintergrund erklang. Nach einer Weile setzte der Goblin sich wieder auf seinen Platz und deutete auf die Harfe. »Na gut, der Boss sagt: ›Wir können eine bekackte Ausnahme machen.‹«

Kohal bedankte sich, reichte dem Goblin die Harfe und deutete auf die rechte Tür. »Da rein?«

»Ganz recht«, sagte der Goblin nickend. »Aber denkt bitte daran, bei der schwarzen Piste ist äußerste Vorsicht geboten!«

»Gewiss«, sagte Kohal und rang sich ein Lächeln ab. Dann nickte er dem Goblin noch einmal zu, schritt entschlossen auf die Tür zu und öffnete sie. Kaum hatte er die Klinke heruntergedrückt, als sich der Boden unter ihm auftat und er in die Dunkelheit fiel. Sein erschreckter Schrei endete abrupt, als er, begleitet durch ein schmatzendes Geräusch, von den angespitzten Pfählen am Boden aufgespießt wurde, bevor sich die Klappe vor der Tür wieder schloss.

Der Goblin schüttelte den Kopf. »Und ich sag es noch. Ts. Barbarde ...«

Dann stellte er ein kleines Schild mit der Aufschrift »Heute keine weiteren Besucher« auf den Tresen und löschte das Licht.

Das Behagen
in der Unkultur

Es heißt, in fantastischen Erzählungen fänden sich die Ängste und Wünsche der Menschen in verfremdeter Form wieder. In Märchen natürlich, aber heutzutage insbesondere in Büchern, Filmen, Hör- und Computerspielen aus dem Horror-, Fantasy- und Science-Fiction-Genre.

Bei vielen Monstern ist der Bezug zu Raubtieren nach wie vor auch relativ deutlich. Aber in modernen Vampirgeschichten zum Beispiel ernähren sich die Blutsauger mittlerweile hauptsächlich von Blutkonserven und sind meist ziemlich gut aussehende, tragische Helden, die um mehr Anerkennung in der Gesellschaft kämpfen. Welche Ängste kommen in so einem Vampir wohl zum Ausdruck? Die Angst davor, eine Diät nicht durchzuhalten? Die Furcht vor gesellschaftlicher Ächtung oder Gesundheitsproblemen bei alternativen Ernährungsformen?

Auch Werwölfe haben eine ziemliche Verwandlung durchgemacht. Traditionell spiegelten sie die Angst vor triebhafter Entgrenzung (beziehungsweise die Lust darauf) oder den Ausbruch unterdrückter Aggressionen eines Einzelnen. Der moderne Werwolf hingegen ist in Rudeln unterwegs, die eher Selbsthilfegruppen ähneln, in denen man sich gegenseitig dabei unterstützt, das innere Tier in den Griff zu bekommen. Welche Ängste spiegeln sich darin wider? Die Sorge, den Arbeitsplatz zu verlieren, wenn man sich so benimmt wie zu Hause? Oder die Angst, zu einem friedlichen, sozial kompetenten Mitmenschen zu werden?

Für Geschichten um solche Aussteigerfiguren aus dem Horror- oder Fantasybereich wurde inzwischen eine eigene Genrebezeichnung erfunden – »Romantasy« –, die mich wiederum erschaudern lässt. Vorzugsweise geht es da um kitschige Liebesgeschichten zwischen sozial ausgegrenzten Fabelwesen und hochsensiblen Menschen. Oder andersrum.

Nur Zombies scheinen einigermaßen resistent gegen den Zugriff affirmativer Vereinnahmung zu sein. Die bleiben dumm und hässlich. Wobei das rein optische Erscheinungsbild moderner Zombies, vorzugsweise in amerikanischen oder europäischen Serien, zugleich auch oft eine erschreckende Ähnlichkeit mit den im Westen verbreiteten Vorstellungen von Menschen in absoluter Armut oder geflüchteten Kriegsopfern zu haben scheint: ausgemergelte Gestalten in zerschlissenen Klamotten mit offensichtlich schlechter Gesundheitsversorgung.

Vielleicht stehen Zombies in modernen westlichen Erzählungen für die Angst vor Krankheit und sozialem Abstieg. Unter diesem Aspekt wäre der Kampf der Protagonist*innen gegen die obligatorischen Zombiefluten quasi als die Verteidigung ökonomischer Privilegien gegen eine sich immer weiter ausbreitende Massenarmut zu deuten. Oder Altersarmut. Eine Serie wie *The Walking Dead*, in der der Fokus immer mehr auf die Verwicklungen der Nichtzombies untereinander gelegt wird, wäre dann wohl eine Art fantastische Neuauflage von High-Society-Soap-Operas wie *Dallas* oder *Reich und Schön*. Eine »Zomb-Opera« quasi.

Und was sagt es dann über unsere Welt aus, wenn in der erfolgreichsten Fantasyserie der Welt eine gigantische Mauer vor sagenumwobenen Untoten schützen soll, die aus einem fernen Land kommen und drohen, den gesamten Kontinent zu überrennen, wenn man sie nicht aufhält?

Lange schlichen Zombies ausschließlich als dumme Antagonisten und Füllmaterial für Actionszenen durch die Film- und Medienwelt. Mittlerweile aber gibt es einige Filme und Serien aus Sicht von Zombies. Aber die bewegen sich meistens irgendwo zwischen Drama und Comedy und behandeln vorzugsweise die Schwierigkeiten, die es mit sich bringt, wenn einem täglich Körperteile verloren gehen, oder den Umgang mit der Sucht nach menschlichem Gehirn. Ein bisschen geht es auch immer um Zombies mit Angst vor Zombies.

Was mir fehlt, sind Geschichten, die das sozialkritische Potenzial von Zombies aufgreifen. Filme über das Zombiedasein als soziale Ausgrenzung oder spannende Thriller- und Actionserien über den Versuch einer Gruppe Zombies, die Gated Communitys der Menschen zu erobern, um endgültig deren Herrschaft zu stürzen und das willkürliche Töten von Zombies, nur weil es Zombies sind, zu beenden. Zombies als Helden im weltweiten Kampf für soziale Gerechtigkeit!

Kritische Geister werden jetzt einwenden, dass das Identifikationspotenzial von Zombies einfach zu gering sei. Die Leute würden sich eben eher mit dem typischen Durchschnittsamerikaner (perfekt durchtrainierter Ex-Special-Forces mit einem erstaunlichen Maß an naturwissenschaftlicher Expertise) identifizieren als mit einem bereits im Verfall befindlichen Büroangestellten. Das mag sein. Aber so wie auch Vampire einige Zeit gebraucht haben, um sich vom vorzugsweise Jungfrauenblut saugenden Monster zum Symbol für eine libertäre Sexualität und ein abenteuerliches Nachtleben zu entwickeln, werden auch Zombies mit genügend Zeit zum Symbol für den Kampf um eine gerechtere, hierarchiefreie und vor allem entschleunigte Welt, jenseits von Selbstoptimierung und Beauty Competition werden können!

Sicherlich würde es der vernetflixten Menschheit nicht schaden, ein bisschen Empathie für geächtete Untote zu entwickeln. Denn wenn Zombies tatsächlich für die Angst vor Armut stehen, sind die wirklich schlimmen Szenen in Zombiefilmen doch, wenn Zombies, die in der verzweifelten Hoffnung auf ein kleines bisschen Nahrung auf die großen Festungen der Menschheit zurennen, gnadenlos und in Massen mit schweren Waffen niedergemäht werden. Je mehr Leute sich damit identifizieren können, desto unheimlicher wird die Wirklichkeit.

Die dritte Seite

»Das ist so schlimm!«, jammert mein bester Freund Maurice, der mich angerufen hat, um ein bisschen zu jammern.

»Was ist denn passiert?«, frage ich.

»Nichts!«, ruft Maurice.

»Na ja. Da kann ich mir jetzt aber schon Schlimmeres vorstellen ...«

Maurice seufzt. »Ich schreibe Tag und Nacht Bewerbungen, aber bekomme immer nur Absagen.«

»Versteh ich gar nicht«, sage ich. »Du hast doch einen ordentlichen Hochschulabschluss.«

Wir lachen beide ein bisschen.

»Wie viele hast du denn geschrieben?«, frage ich.

»Keine Ahnung. Vierzig? Fünfzig?«

»Meine Güte. Hätte nicht gedacht, dass es überhaupt so viele Stellenanzeigen gibt.«

»Und ich bekomme nur Absagen!«, jammert Maurice noch einmal. »Ich habe heute sogar eine Absage für eine Stelle bekommen, auf die ich mich nicht einmal beworben hatte!«

»Okay, das ist frustrierend«, sage ich. »Vielleicht gibt es da mittlerweile so ein Vorhersageprogramm, wie bei Onlineversandseiten, wo aufgrund des Suchverhaltens von Kunden bereits Artikel aus dem Lager geholt werden, noch bevor man sie bestellt hat. Und einige Unternehmen schicken dann halt schon mal Initiativablehnungen raus, wenn sie befürchten, dass du dich bei ihnen bewerben könntest.«

»Das ist so schlimm!«, ruft Maurice pathetisch.

»Schau mal«, sage ich tröstend, »du kannst doch gar nichts dafür. Marktwirtschaft braucht Konkurrenz, und Konkurrenz entsteht nur bei knappen Ressourcen, also in diesem Fall Arbeitsplätzen. Stell dir mal vor, was da los wäre, wenn es so was wie Vollbeschäftigung gäbe! Niemand wäre mehr bereit, für einen Hungerlohn zu arbeiten, es stünden keine Arbeitskräfte zur Verfügung, wenn neue Jobs erfunden werden, und Streiks wären plötzlich wieder ein ernst zu nehmendes Machtmittel! Nein, nein, da muss immer ein ordentlicher Teil Arbeitsloser übrig bleiben, damit das ganze System weiterhin funktioniert. – Sieh es doch als deinen Beitrag zur Gesellschaft.«

»Läuft Trösten nicht eigentlich so nach dem Motto ›Alles wird gut‹, statt ›Du kannst nur verlieren‹?«, fragt Maurice seufzend.

»Ach, na ja, wer eh verliert, muss gar nicht erst kämpfen, hat auch was für sich ... Du kannst das einfach direkt lassen mit dem Bewerbungenschreiben.«

»Vielleicht sollte ich noch ein paar Zusatzausbildungen machen. Oder noch 'ne Handvoll Praktika«, überlegt Maurice.

Ich schüttele energisch den Kopf. »Ständig Praktika und Zusatzausbildungen machen«, setze ich meinen Tröstungsversuch fort, »ist, wie einem abgefahrenen Zug hinterherzurennen. Da sollte man lieber warten, bis der nächste kommt. Wobei in deinem Fall natürlich nicht klar ist, ob überhaupt noch einer kommt ... Das war jetzt wieder nicht so ermutigend, oder?«

»Auch nicht schlimmer als der Rest.«

»Vielleicht solltest du dich selbstständig machen«, schlage ich vor. »Ein Start-up gründen. Du könntest in die Werbebranche einsteigen: Leute überreden, etwas zu wollen. Ganz wichtiger Produktionszweig heutzutage.«

»Und was soll ich da gründen? Eine Firma, die für andere Firmen total penetrante Werbung an möglichst nervigen Stellen unterbringt oder schlechte Plakate erfindet? – Das gibt es doch schon in jedem zweiten Berliner Hinterhof!«

»Na, du musst dich halt von denen abheben. Gründe eine Firma, die ganz nah am Werbekunden ist: persönliche E-Mails, ständige Chat-Anfragen, handgeschriebene Briefe, Liebes-SMS, nächtliche Anrufe, überraschende Hausbesuche, Projektionen durchs Fenster, so was halt. Das Ganze nennst du dann ›Product Stalking‹: Man wird quasi von einem Produkt verfolgt. Und die angesprochenen Kunden können dann deine Firma dafür bezahlen, dass das wieder aufhört. Ich denke, das ist das Format der Zukunft.«

»Ich glaube, das gäbe Patentstreitigkeiten. Das Jobcenter operiert doch schon nach einem ähnlichen Prinzip.« Maurice seufzt wieder. »Dieses ständige Bewerbungenschreiben macht mich total fertig. Ich hab irgendwie das Gefühl ... zu zerfallen. Jedes Mal muss ich mir eine neue Rolle ausdenken, die dieses oder jenes besonders gut kann und aus diesen oder jenen Gründen besonders geeignet ist, ausgerechnet diesen oder jenen Job zu machen. Ich erfinde jedes Mal eine komplett neue Persönlichkeit.«

»Is' doch super!«, sage ich begeistert. »Wie damals beim Rollenspiel: einen Charakter so lange neu erschaffen, bis er absolut optimiert ist. Damit habe ich einen Großteil meiner Schulstunden verbracht.«

»Ja, aber da ging es darum, einen Charakter zu erschaffen, der dir gefällt. Bei mir geht es darum, jemanden zu erschaffen, der anderen gefällt. Das macht mich wahnsinnig. Ernsthaft. Ich hab inzwischen immer öfter das Gefühl, jemand anderes hätte meine Bewerbungen geschrieben.« Maurice wird leiser. »Ich bin letztens sogar vor dem Bildschirm aufgewacht und hatte offenbar grad eine Bewerbung geschrieben, konnte mich aber nicht daran erinnern ...«

»Das könnte zumindest erklären, warum du eine Absage von einer Stelle bekommen hast, bei der du dich angeblich nicht beworben hast.«

»Du meinst«, Maurice schluckt, »ich merke inzwischen nicht mal mehr, wie ich mir Stellen raussuche und mich darauf bewerbe?«

Ich zucke mit den Schultern. »Ein Freund von mir hat mal in einer psychotherapeutischen Einrichtung gearbeitet und wunderte sich immer, warum eine Patientin jedes Mal bei der Essensausgabe total verärgert war. Irgendwann hat sich herausgestellt, dass sie multiple Persönlichkeiten hatte und ein Teil immer das Essen bestellt hat, was ein anderer nicht mochte.«

»Willst du damit sagen, dass ich durchs Bewerbungenschreiben multiple Persönlichkeiten entwickle?«

»Na ja«, sage ich, »die Ansprüche wie ›flexibel, belastbar, innovativ und kreativ‹ würde das zumindest relativ gut erfüllen ... – Ist es denn deine Handschrift bei den Bewerbungen?«

»Ich weiß nicht, ob du das inzwischen mitbekommen hast, aber es gibt da doch jetzt diese Computer.«

»Ah ja. Richtig. – Hast du denn in letzter Zeit noch irgendwelche anderen ungewöhnlichen Sachen festgestellt? Eine zweite Zahnbürste oder so was?«

»Ich hab ... ziemlich viele Zahnbürsten«, sagt Maurice nachdenklich. »Und ich weiß auch nicht, wo die herkommen.«

»Oh.«

»Jetzt hör mal auf«, meckert Maurice. »Ich bin doch eigentlich total strukturiert. Ich hab sogar mit 'nem Typen, den ich bei der Jobberatung kennengelernt habe, einen Club zum Bewerbungenschreiben gegründet. ›Application Club‹ nennen wir den. Aber eigentlich darf ich darüber gar nicht sprechen. Das ist unsere erste Regel: Sprich nicht über den Application Club.«

»Maurice, wo bist du gerade?«

»Ähm ... ich steh im Jobcenter, aber eigentlich darf ich nicht darüber sprechen.«

»Was hast du vor?«

»Das ... darf ich nicht sagen. – Hm. Na gut, weil du es bist, aber behalt es für dich: Wir haben Leute aus unserem Club in allen Jobcentern der Stadt positioniert, und um Punkt 12 ziehen wir sämtliche noch verfügbaren Wartenummern, damit alles wieder bei null anfängt!«

Mein Telefon klingelt. »Warte mal kurz«, sage ich zu Maurice und nehme das Telefon vom Ohr, um zu schauen, wer anruft. Es ist Maurice.

Ich nehme ab: »Willst du mich verarschen?«, frage ich. »Warum rufst du noch mal an, wir telefonieren doch gerade?!«

»Hä, was? Ich hab ein paar Mal versucht, dich zu Hause anzurufen, aber du bist nicht rangegangen. Wo bist du denn?«

Ich schaue mich um. »Ich steh ... im Jobcenter ... vor dem Wartenummernautomat.«

Bürgerschreck

Aus dem neuen Sanitärbereich
Kam ein Bürger völlig bleich.

Er schüttelte den Kopf und sprach:
»Es ist doch eine üble Schmach!
Vor noch gar nicht langer Zeit
Hat's hier geblitzt vor Sauberkeit,

Ein halbes Stündchen ist es her,
Da wurd' hier frisch geputzt.
Davon sieht man gar nichts mehr,
's ist übel arg verschmutzt.

Es ist doch nicht zu glauben,
Was die Leute sich erlauben!
Was ein paar Menschen sich so gönnen,
Einfach weil sie's können!«

Ein andrer lächelte ihm zu
Und sprach zurück in aller Ruh:
»Mein Herr, denken Sie daran,
Was der Mensch so alles kann:

Er kann rauben, morden, foltern, rüsten,
Andre Menschen nach Gelüsten
Für seine Zwecke unterwerfen
Oder einen einfach nerven;

Kann Bomben bauen und benutzen,
Wälder von der Erde stutzen,
Sein eignes Trinkwasser verschmutzen,
Ganze Rindviehherden rasch verputzen;

Er kann betrügen, kann betören,
Andre stundenlang verhören,
Kann einen duzen oder siezen
Und auch kleine Kinder triezen;

Er kann Menschen aufbauen und zerstören,
Sich gegen andere verschwören;
Er kann lachen, weinen, lieben, hassen;
Nur eines scheinbar nicht: es lassen.

Ich stimm mit Ihnen durchaus überein:
Der Mensch kann wirklich schrecklich sein.
Doch im Großen, Ganzen bin ich froh,
Beschränkt sich's diesmal nur aufs Klo!«

Die Abenteuer
des Vegana Jones

Um das Klischee eines bekehrungswütigen Veganers in angemessener Weise zu erfüllen, mache ich mir viele Gedanken darüber, wie ich am besten an die Meinungen anderer Menschen herankomme. Denn die meisten Leute haben den Zugang zu ihren geschätzten Ansichten und guten, alten Überzeugungen trickreich versteckt, den Weg dorthin umfangreich abgesichert und mit allerlei Fallen gespickt. Man muss also mit äußerstem Bedacht durch die unbekannten Gewölbe fremder Denkgebäude schleichen und darf keine falschen Abwägungen nehmen, wenn man zur Kammer des Schreckens gelangen will, um dort mit größtem Geschick den Götzen des Todes gegen ein etwa gleich schweres Stück Tofu auszutauschen. Gut, manchmal ist man gezwungen, den Götzen einfach an sich zu reißen und zu versuchen, damit möglichst unbeschadet durch das zerstörerische Inferno ausgelöster Abwehrmechanismen zu rennen, umschwirrt von giftigen Kommentaren und herablassenden Witzen, über plötzlich aufklaffende, grundlose Anfeindungen hinwegspringend und verfolgt von verärgerten Gewohnheiten, die einem massenweise Flüche hinterherschleudern.

Als ich noch jung und unerfahren war, habe ich häufig versucht, mit den Leuten über die Herausgabe ihrer Überzeugungen zu reden und zu verhandeln. Aber da ich eben nicht viel mehr zu bieten hatte als Argumente und Tofu, waren diese Verhandlungen selten von Erfolg gekrönt. Mein späterer Versuch, ihnen mit moralischem Versagen zu drohen, wenn sie ihre Ansichten zum Thema Fleischessen nicht freiwillig weggäben, führte einfach nur dazu, dass die Leute begannen, ihre Meinungen noch besser zu bewachen. Und mich nicht mehr zu Partys einzuladen. Man kann es ihnen nicht verübeln. Niemand mag es, wenn jemand dahergelaufen kommt, auf eine lieb gewonnene Gewohnheit zeigt und sagt: »Das gehört in ein Museum!«

Aber ich bin wie ein falscher Fünfziger; ich tauche immer wieder auf und dachte daher über neue Strategien nach: Ich musste entweder versuchen, ein sympathischer Moralist zu werden (seit jeher ... *schwierig*), oder aber meinen wahren Absichten in verdeckten Missionen nachgehen. Ein bisschen wie die glückliche Kuh auf einer Packung Milch. Da soll ja auch niemand den eitrigen Euter der Wirklichkeit sehen, aus dem sie kommt.

Viele werden jetzt sagen: »Aber warum musst du überhaupt versuchen, andere Leute zu überzeugen? Es wäre doch viel sympathischer, wenn du sie einfach in Ruhe lässt.«

Das mag sein. Aber als Moral-Archäologe, oder »Moralchäologe«, habe ich nun mal die Pflicht und Verantwortung, alte Dogmen der Geschichtswissenschaft zuzuführen, versteinerte Vorstellungen auszugraben und der Welt die neuesten Erkenntnisse zu präsentieren. Moral ist schließlich für alle da!

Wer dem entgegenhält, Moral sei Privateigentum: Diese Aussage wurde auch einst in Bezug auf Schätze wie Sklaverei, körperliche Züchtigung von Kindern und Verweigerung des Frauenwahlrechts gemacht, welche inzwischen alle zu den am meisten verachteten Exponaten der Kulturhistorie gehören. Natürlich werden auch hier einige einwenden, es handle sich dabei keinesfalls um vergleichbare Fälle. Aber wenn man sich zum Beispiel die üblichen Reden wider entsprechende Gesetzesänderungen anschaut, fällt auf, dass sich gerade die Gegenbehauptungen ziemlich ähneln. Da wird dann so etwas gesagt wie: »Die Einführung von X (X markiert hier den Punkt, um den es geht) ist ein in jeder Hinsicht unnötiges Unterfangen, da es keinerlei Anlass gibt, davon auszugehen, dass die Betroffenen ein Interesse daran haben könnten«, »Wir nehmen doch schon genug Rücksicht auf X« oder auch »Irgendwann ist es wirklich mal genug! Mit dieser Zivilisation.«

Oft stoße ich bei meinen Abenteuern auch auf zum Teil düstere Vermischungen alter Traditionen. Insbesondere »Männlichkeit« und Fleischkonsum haben seit Langem schon eine unheilige Allianz wider die Verweichlichung der Menschheit gebildet. Und zwar nicht nur bei den Klischees von »Vorstadtprolls«, »Stadtparkgrillaffen« oder »old white men«, die gemeinsam Bier trinkend mit freiem Oberkörper um einen Grill stehen und aufpassen müssen, sich ihre mächtigen Bäuche nicht am Rost zu verbrennen. – Nein, es sind auch erschreckend oft Typen mit hohem Bildungsgrad und politischem Anspruch, die immer wieder rumjammern: »Oh nein, ich hab heut noch gar kein Fleisch gegessen, ich muss dringend Fleisch essen, sonst fallen mir die Eier ab, mi-mimimi!« Oder: »Alter, war das Tofu? Hab ich grad Tofu gegessen?! Oh Gott! Jetzt krieg ich doch nie wieder einen hoch, oder? Hilfe, Hilfe, große Not, mein Pimmel ist bald tot!« Ich hasse Schlangen.

Aber auch andere okkulte Vorstellungen haben sich im Laufe der Zeit mit der Fleischlust vereint: So stößt man zum

Beispiel immer wieder auf eingeschworene Gruppen, die behaupten, der Mensch sei evolutionär dazu bestimmt, Fleisch zu konsumieren, und es nicht zu tun, sei wider die Natur. Man kann sich mit den Anhängern dieses Kults allerdings gut stellen, wenn man nicht versucht, über die Richtigkeit solcher Behauptungen zu streiten, sondern sich auf ihre Argumentationsrituale einlässt und ihnen kleine Geschenke macht. Etwa indem man ihre Position akzeptiert und im Gegenzug hinzufügt, dass der Konsum von Fleisch aufgrund der zunehmenden negativen ökologischen und gesundheitlichen Auswirkungen mittlerweile einen evolutionären Nachteil darstellen dürfte. Sie sind dann einige Zeit damit beschäftigt, sich nicht in ihrem eigenen Museum zu verlaufen; diese Zeit kann man nutzen, um den Eingang zu tiefer gelegenen Gewölben ausfindig zu machen.

Vegetarier*innen und vorallem Veganer*innen wird immer wieder gern entgegengehalten, sie würden doch aus ihrer Moral eine Religion machen. Netter Versuch. Aber eine Religion zeichnet sich ja vor allem dadurch aus, dass sie auch entgegen rationaler Argumente und gesellschaftlicher Entwicklungen an bestehenden Glaubenssätzen und Ritualen festhält, komme, was da wolle. – Nun, es werden immer wieder rationale Gründe ge- und erfunden, innerhalb westlicher Industriegesellschaften mindestens kein Fleisch mehr zu essen,[11] aber bei all meinen Abenteuern habe ich

---

11 Zum Beispiel: Moral ist von Menschen gemacht. Wäre Moral etwas Natürliches, bräuchte man gar nicht darüber nachdenken oder diskutieren, denn dann wäre sie so selbstverständlich wie Atmen. Nun kann ein moralisches Problem immer nur außerhalb des Notwendigen entstehen, wenn also eine Wahl zwischen mindestens zwei alternativen Handlungsvarianten möglich ist. Und neue Entwicklungen im Bereich der Produktion oder auch Kommunikation bringen häufig neue Handlungsoptionen mit sich, die bisherige Gewohnheiten und Selbstverständlichkeiten infrage stellen können. Mitunter

noch niemanden getroffen, der einen *rationalen* Grund *für* den Verzehr von Fleisch innerhalb moderner Gesellschaften ausgegraben hätte.

Wer also betet hier ein goldenes, beziehungsweise blutiges, Kalb an? Und da dieser irrationale, okkulte Brauch mit dunklen Mächten im Bunde ist, nehme ich als Vegana Jones

---

entstehen daraus eben neue Ansprüche und Vorstellungen, die mit der bisherigen Lebensweise einer Gesellschaft im Widerspruch stehen – und dann taucht da vielleicht plötzlich ein moralisches Problem auf, wo man vorher keines gesehen hat. In Bezug auf den Konsum von nichtmenschlichen Tieren zum Beispiel steht auf der einen Seite eine exorbitante industrielle Verwertung von »Nutztieren« als Durchgangsstadium für Schnitzel, Burger, Medikamente, Kosmetika u. Ä., die sich zudem katastrophal auf weltweite ökologische und ökonomische Prozesse auswirkt. Und auf der anderen Seite das Wissen, dass die meisten dieser Tiere nicht viel weniger leidensfähig sind als etwa kleine Kinder (kann man jetzt versuchen zu bestreiten, haben aber schon sehr viele nicht geschafft, wegen Wissenschaft und so), sowie den Punkt, dass die gleiche industrielle Entwicklung auch die Möglichkeit hervorgebracht hat, ohne nennenswerte Probleme mindestens auf Fleisch und den größten Teil aller Tierversuche zu verzichten. Das ist der Punkt, an dem sich zumindest den Menschen innerhalb industrialisierter Gesellschaften die Frage aufdrängen sollte: Wie kommen wir da einigermaßen unbeschadet raus?
Dabei geht es noch nicht mal unbedingt um die Frage, ob man das Leben und Leiden von Menschen als wichtiger betrachtet als das von Tieren. Denn das würde ja erst relevant, wenn es um einen unmittelbaren Vergleich ginge: Schmeißen wir diesen Kleinkünstler aus dem überfüllten Rettungsboot oder dieses Känguru? Die meisten würden sofort sagen: das Känguru, weil kein Mensch. Was sich erst mal gegenübersteht, ist auf der einen Seite eine profane Gewohnheit und auf der anderen Seite maximales existenzielles Leid. Und wenn man annimmt, dass es vollkommen in Ordnung ist, aus reinem Genuss, also Spaß an der Sache, ein anderes fühlendes Lebewesen zu quälen und zu töten, bringt das einige, nicht gerade zimperliche Schwierigkeiten für die Begründung anderer moralischer Ansprüche mit sich. Die dabei oft ins Feld geführte Behauptung, »Zugehörige der Spezies *Homo sapiens* dürfen das, weil ... äh ... sie Zugehörige der Spezies *Homo sapiens* sind«, hat eben in etwa die gleiche Überzeugungskraft wie »Leute mit weißer Hautfarbe dürfen dies oder jenes, weil ... sie weiße Hautfarbe haben«. Kann man vielleicht ohne jeden Grund dran festhalten, beinhaltet dann aber eben mehr Totschlag als Argument. – Hey, jetzt mach mir keinen Vorwurf, dass das total anstrengend war, ich habe nie behauptet, dass du das alles lesen musst, deshalb steht es doch in der Fußnote! Aber dafür, dass du es bis hierhin durchgehalten hast, gibt's zur Belohnung 'nen Witz: Warum werden Veganer*innen so ungern zu Partys eingeladen? Weil sie immer die Sau rauslassen. Ha!

immer wieder das Risiko auf mich, mit der Peitsche des Mit-
gefühls bewaffnet und mich vor schlechten Wortspielen hü-
tend, in die Katakomben fremder Gedankengebäude einzu-
dringen, um die Reliquien dieses Kultes zu sammeln und im
Tresor der Geschichte zu archivieren, bevor damit noch mehr
Unheil angerichtet wird.

Rettich

Mein bester Freund Maurice und ich machen gemeinsam einen Ausflug in irgendeine brandenburgische Kleinstadt, weil dort irgendein geheimes Kunstwerk von irgendeinem ominösen Künstler irgendwo ausgestellt sein soll. Das wollte sich Maurice unbedingt angucken. Denn er versteht Kunst. Ich nicht. Ich bin nur mitgekommen, um anstehender Büroarbeit aus dem Weg zu gehen. Und weil ich ein guter Freund bin natürlich.

Die Kleinstadt ist sehr trist. Zudem regnet es. Von schräg unten ins Gesicht. Egal in welche Richtung man sich dreht. Bevor wir zu der Ausstellung, oder was das ist, gehen, wollen wir noch was essen. Deshalb irren wir seit einer Dreiviertelstunde durch die Straßen. Ich habe über eine App nach Lokalen gesucht, die veganes Essen anbieten. Es sollte angeblich drei Läden geben, an drei unterschiedlichen Enden der Stadt. Der erste hat pleite gemacht, der zweite war geschlossen. Maurice ist supergenervt. Von mir, von der Suche und weil er Hunger hat. Deshalb sage ich ihm auch lieber nicht, dass ich allmählich den Verdacht bekomme, dass das dritte Restaurant vom Bahnhof aus in fünf Minuten erreichbar gewesen wäre. Wir biegen um eine Ecke und stehen vorm Bahnhof.

»Na so was!«, sage ich überrascht.

»Erinnere mich daran, dich umzubringen, wenn wir gegessen haben«, grummelt Maurice.

»Hey«, sage ich beschwichtigend. »Erstens hab ich das nicht mit Absicht gemacht, und zweitens solltest du nicht vergessen, dass *du* mich gebeten hast mitzukommen.«

»Ja, weil ich vorher schon vergessen hatte, wie scheiße kompliziert du bist!«

»Ich bin nicht kompliziert«, sage ich. »Ich habe gut begründete Ansprüche. Was kann ich dafür, wenn die Welt hinter ihren Möglichkeiten zurückbleibt?«

Sicherheitshalber schweigend trotten wir weiter, bis wir den markierten Punkt auf der Karte erreicht haben. Wir stehen vor einem großen Schaufenster, in dem ein wilder Mix aus hinduistischen, buddhistischen, christlichen, muslimischen, jüdischen, schamanistischen, taoistischen und sonstigen spirituellen Bildern und Figürchen zu sehen ist. Dazwischen hängen bunte Tücher und tibetanische Gebetsfahnen. Über der Tür prangt ein Schild, auf dem steht: *Mutter Gaia.*

»Was gibt es hier zu essen?«, fragt Maurice. »Licht?«

Spirituelle Atmosphäre führt bei Maurice und mir aus irgendeinem Grund immer zu aggressiver Stimmung. In Kombination mit der aktuellen Situation beschleicht mich daher ein sehr ungutes Gefühl. »Ehm ... vielleicht sollten wir doch zu 'nem normalen Imbiss gehen, ich kann auch einfach 'ne Pommes ...«

»Nee, wir haben so lange gesucht, jetzt gehen wir da rein!«, bestimmt Maurice und schiebt mich mit Nachdruck durch die Tür. In dem Laden sieht es überall so aus wie im Schaufenster. Es riecht nach Klostein-Räucherstäbchen. Hinter einem Tresen steht eine Frau mit grauem, gelocktem Haar und weiten, bunten Gewändern. Ihre Augen leuchten vor Freude, als wir reinkommen. Sonst ist niemand in dem Restaurant.

»Sind Sie Mutter Gaia?«, fragt Maurice rotzig.

Die Frau lächelt ehrlich und breit: »Ja.«

Maurice zieht irritiert das Gesicht zusammen. Wenn er hungrig ist, kann er nur mit Widerstand umgehen.

»Wir *alle* sind Mutter Gaia«, fügt die Frau hinzu und rückt damit immerhin unsere Erwartungen wieder zurecht.

»Ah ja? Und wie werden wir dann auseinandergehalten?«, fragt Maurice. »Durch Nummerierungen? Mutter Gaia 1982? Oder ...«

»Wir würden gern was essen«, unterbreche ich Maurice und schiebe ihn in Richtung einer Sitzecke.

Nachdem wir uns auf den Polstern am Boden niedergelassen haben, sage ich: »Erinnere mich daran, dass ich dir aufs Maul haue, wenn wir gegessen haben.«

»Na, das passt ja ganz gut zu meinem Vorhaben, dich nach dem Essen umzubringen«, grummelt Maurice. In dem Moment kommt Mutter Gaia an den Tisch, reicht uns zwei handgeschriebene Speisekarten und stellt jedem von uns einen nach Gewürzen duftenden Tee hin.

»Den hab ich nicht bestellt«, grunzt Maurice.

»Halt jetzt einfach deine Fresse«, raune ich zu Maurice. Und lächle Mutter Gaia an. »Danke. Das ist sehr nett.«

Die Frau mustert uns beide und lächelt ebenfalls. Dann entschwindet sie wieder in Richtung Tresen.

Wir blicken in die Speisekarte. Alles ist total fancy. Rote-Bete-Rettich-Bratling an Mangoldpüree mit Radieschen-Rosenkohl-Soße. Hafer-Pastinaken-Burger mit Chicorée-Rettich-Salat in Vollkorn-Dinkel-Hirse-Brötchen. Grünkohl-Rettich-Bällchen mit Quinoacrackern an Rettichhummus. Oder Rettichschnitzel mit Holunderblüten-Rettich-Kroketten.

»Ich glaub, das Essen hier ist wie du«, zickt Maurice. »Total umständlich, aber trotzdem geschmacklos.«

»Immerhin hab ich nicht überall Rettich drinstecken, wo es geht«, gebe ich zurück.

Maurice schüttelt den Kopf, während er weiter die Speisekarte durchschaut. »Warum müssen solche Vegane-Pampe-Läden eigentlich ständig so superextra-fancy-pantsy Scheiß servieren? Gerade in so einem kleinen Kaff? Ist doch kein Wunder, dass der Durchschnittsverbraucher da keinen Bock drauf hat.«

»Jepp«, sage ich. »Immerhin in diesem Punkt sind wir uns einig. Ist aber ja oft ein Problem emanzipatorischer Bewegungen: Die Reaktionären servieren Bratwurst mit Senf-der-zu-allem-passt-Flatrate für 'nen Euro, aber um die ganzen Gerichte auf der Speisekarte der Kritik zu verstehen, muss man eigentlich erst mal studiert haben.«

»So Politik-Speise-Metaphern sind ziemlich abgegessen«, sagt Maurice.

»Ich werde dir dir jetzt nicht widersprechen. Der Klügere gibt nach.«

»Ja, und dann? Gewinnen die Dummen. Jetzt schau dich mal auf der Welt um! Das ist ein scheiß Konzept.«

Mutter Gaia taucht neben uns auf. »Und, habt ihr euch schon entschieden?«, fragt sie.

»Wir hätten gern etwas ohne Rettich«, sage ich.

Die Frau lächelt und nickt. »Das geht leider nicht.«

Ich blicke sie irritiert an. »Warum nicken Sie dann?«

»Na, ich habe Ihren Wunsch verstanden, kann dem aber leider trotzdem nicht nachkommen.«

»Warum ist hier denn überall Rettich dran?«, fragt Maurice.

»Ein kleiner Scherz meinerseits. Jede Seele, die hierherkommt, rett ich.« Sie grinst.

Wir schauen sie ausdruckslos an.

»Das ist natürlich ein sehr ... einfallsreicher Scherz«, sage ich nach einigen Sekunden, »aber ich mag ihn leider nicht. Können wir darauf bitte verzichten?«

Die Frau nimmt einen Stuhl und setzt sich zu uns an den Tisch.

»Wir würden gern zahlen«, sagt Maurice sofort.

Mutter Gaia ignoriert ihn. »Passt mal auf, Jungs«, sagt sie mit plötzlich überraschend rauer Stimme.

Maurice lacht. »Jungs? – Wir sind Mitte dreißig! Aber hey, danke für das Kompliment.«

»Und ich bin deutlich älter, als ich aussehe«, sagt die Frau. »Für mich seid ihr Jungs. Wir machen jetzt Folgendes. Ihr bestellt jeder ein Gericht, mit dem ihr euch abfinden könnt. Ich werde mir große Mühe geben, euch das zuzubereiten. Dann esst ihr das, sagt nett und freundlich ›Vielen Dank, das hat aber gut geschmeckt‹, geht eurer Wege, nehmt eure bekackte, privilegierte Mittelschichtkinder-Großstadtarroganz, und steckt sie euch in euren gepuderten Erste-Welt-Arsch.«

Wir schauen sie perplex an.

»Hä? Das passt ja gar nicht zu so einer Esotante«, äfft die Frau unsere unausgesprochenen Gedanken nach. »Ich sag euch was: Ich habe 27 Jahre als Sozialarbeiterin in Berlin gearbeitet. Irgendwann stand ich vor der Wahl, entweder verrückt oder spirituell zu werden. Ich hab mich für Letzteres entschieden. Schon allein weil sich damit erheblich besser Geld verdienen lässt. Und wisst ihr, wofür ich dieses Geld brauche? – Um die einzige scheiß Kunstgalerie in dieser armseligen Stadt zu finanzieren. In der im Grunde nur eine einzige ernst zu nehmende Skulptur steht. Und die Leute, die hier in diesem Laden landen, sind in der Regel deshalb in diesem Kaff, weil sie diese Skulptur sehen wollen. Das Ganze ist sozusagen ein kulturelles Perpetuum mobile, um ein bisschen Leben in diese meine Geburtsstadt zu bringen. Also. Was darf's sein, *Jungs*?«

Kleinlaut bestellen wir jeder etwas von der Karte, essen still ein Gericht, das gar nicht so schlecht schmecken würde, wenn man den Rettich wegließe, sagen nett Danke, verabschieden uns höflich und machen uns von dannen.

Trotz des bitteren Beigeschmacks besteht Maurice aber trotzdem darauf, die Galerie zu besuchen. Als wir den einzigen Raum der Galerie betreten, steht in der Mitte tatsächlich nur eine Skulptur. Es ist ein riesiger Rettich.

»Konsequent«, murmelt Maurice. »Konsequent.«

Methusalemchen

»Vom Standpunkte der Jugend aus gesehen, ist das Leben eine unendlich lange Zukunft; vom Standpunkte des Alters aus, eine sehr kurze Vergangenheit.«
— *Arthur Schopenhauer*

Als ich jung war, haben mir die alten Leute oft gesagt, dass die Zeit, je älter man wird, immer schneller vergeht. Das habe ich ihnen mit zwanzig natürlich nicht geglaubt. Eines Tages wurde ich plötzlich 35 – von zwanzig genauso weit entfernt wie von fünfzig. Das war für alle Beteiligten ein Schock. Also vor allem für mich. Denn während man bis etwa dreißig noch größtenteils damit beschäftigt ist, sich irgendwie zu entwickeln, eine Zukunft zu erfinden, man quasi sozial explodiert, laufend Freundschaften schließt und Sport den Charakter von körperlichem Aufbau hat, beginnt ab Mitte dreißig eher eine Phase der Verwaltung: Man verbringt den größten Teil seiner Zeit damit, dafür zu sorgen, dass die ganzen Prozesse, die den Alltag am Laufen halten, irgendwie am Laufen bleiben, die Zukunft wird der Gegenwart zunehmend ähnlicher, immer mehr Leute beginnen, sozial eher zu implodieren, und Sport treibt man in erster Linie, um dem körperlichen Verfall entgegenzuwirken.

Ich habe in letzter Zeit auch immer häufiger das Gefühl, von einem Schwarm Krähen verfolgt zu werden, die nur darauf warten, dass ich endlich umfalle und mich nicht mehr wehre, wenn sie an mir rumpicken. Immerhin braucht man weniger Schlaf, je älter man wird. Was kein Wunder ist. Man hat ja auch immer weniger Träume.

Das klingt jetzt ein bisschen dramatisch. Aber wenn die vom Sturm der Zeit aufgepeitschten Wogen der Vergänglichkeit gegen das spröde werdende Fundament des ewig jung geglaubten Selbstbildes angrimmen, neigt man bisweilen zu dramatischen Bildern. Denn eines schönen Tages kommt es einem so vor, als hätte man mit der Jugend eigentlich nur eine wilde Nacht verbracht, um dann beim Aufwachen festzustellen, dass sie sich heimlich davongemacht und mit dickem Filzstift eine Nachricht auf dem Badezimmerspiegel hinterlassen hat: »Memento mori« – das »Carpe diem« des herangereiften Erwachsenen. Wobei diese Reife, von der immer alle sprechen, doch im Grunde auch nicht viel mehr ist als eine Art gesellschaftlich bekömmlicher Schimmel.

Ich schweife ab. Das passiert mir öfter. – Ich wollte zum Beispiel eigentlich immer Ninja werden. Jetzt schreibe ich so was hier. Wo war die falsche Abbiegung? Aber es scheint eben auch zum Älterwerden dazuzugehören, dass man nicht mehr so recht weiß, warum man etwas getan hat. Oder gerade tut. Oder man bekommt seltsame Erinnerungsdings ... -lücken. Ich schlafe zum Beispiel jeden Abend mit guten Vorsätzen ein und wache am nächsten Tag mit schlechten Gewohnheiten auf. Was passiert dazwischen? Und warum?

Viele werden sich jetzt fragen: »Was macht der Typ eigentlich den ganzen Tag, dass der überhaupt die Zeit hat, über so was nachzudenken?« Es ist so: Als freischaffender – nennen wir es der Einfachheit halber mal – »Künstler« habe ich das fragwürdige Privileg, bereits mit Mitte dreißig ein Rentnerdasein führen zu können. Beziehungsweise zu müssen. Ich sitze den ganzen Tag zu Hause, denke mir Vorwände aus, um überhaupt mal rauszukommen, entwickle aus reiner Langeweile ein gesteigertes Interesse an den Machenschaften meiner Nachbarn und klage ständig über Rückenschmerzen, die ich bekomme, weil ich mit gekrümmtem Hals vorm Bildschirm sitze, als wäre er ein geöffnetes Fenster, und darauf warte, dass Texte passieren, welche auf Ideen basieren, die ich schon längst wieder vergessen habe.

Wenn mir dann endlich etwas einfällt, ist es in der Regel etwas, das ich noch dringend einkaufen muss, ein zweites Ersatzpäckchen Margarine oder Ähnliches. Dann gerate ich in eine Art Altherreneuphorie: die Freude darüber, sich ein Ziel gesetzt zu haben, dessen Erreichen einigermaßen sicher, aber auch nicht zu anstrengend ist und das gerade so ausreichend wichtig erscheint, um unangenehme Tätigkeiten dafür zu verschieben, aber wiederum nicht so wichtig, dass man es bei schlechtem Wetter nicht auch einfach lassen könnte.

Im Supermarkt befinden sich zu der Zeit, wo ich dort aufschlage – zwischen elf und zwölf, man muss die Sonne nutzen –, in der Regel auch größtenteils Rentner*innen. Die lohnarbeitende Bevölkerung kommt aus selbsterklärenden Gründen immer erst so ab 16 Uhr, und die arbeitslose Bevölkerung aus selbsterhaltenden Gründen etwa zur gleichen Zeit. Früher gab es zu dieser Stunde auch noch ein paar Student*innen. Aber seit der Einführung des Bachelors sind die tagsüber viel zu sehr damit beschäftigt, sich für den Arbeitsmarkt zu quantifizieren, als dass sie Zeit hätten, einkaufen zu gehen. Zwar sind die alten Leute meist schon sehr früh auf den Beinen, aber diese Beine brauchen eben inzwischen ein bisschen, daher kommen sie in etwa zur gleichen Zeit dort an wie ich und ein paar weitere freischaffende – nennen wir sie der Einfachheit halber mal – »Künstler*innen«.

In aller Stille schleichen diese Gestalten dann durch einen ruhigen, zu keinem anderen Zeitpunkt des Tages so entschleunigten Supermarkt und erschweigen sich ihr gegenseitiges Einverständnis darüber, die Zeit nicht zu erschrecken, damit diese nicht noch schneller davonläuft, als sie es ohnehin schon tut. Nur gelegentlich wird diese museumsartige Stimmung von dem leisen Quietschen eines Einkaufswagens unterbrochen, oder auch von einem leichten Verpackungsknistern, wenn eine Rentnerin mit langsamen, kranartigen Bewegungen eine Packung Mürbegebäck für die Kaffeegäste am Nachmittag in den Wagen hebt.

Für mich zum Beispiel. Seit einiger Zeit gehe ich regelmäßig zu einer Skatrunde. Allerdings haben wir noch nie Skat gespielt. Ich glaube sogar, das kann niemand in unserer Runde. Eigentlich weiß ich auch gar nicht so richtig, wer diese Leute sind: Ich hatte mich einfach mal nach einem Einkauf mit einer netten, alten Dame verquatscht, und plötzlich saß ich mit einigen anderen älteren Leuten an einem Kaffeetisch und plauderte über Gott und die Welt. Und das machen wir immer noch gelegentlich. Fünfmal die Woche. Wobei ich versuche, die Themen Vergangenheit und Krankheit zu vermeiden, weil die anderen da immer viel mehr zu erzählen haben als ich. Noch. Einmal hatte ich vorgeschlagen, gemeinsam ein Buch über den Krieg gegen das Altern zu schreiben. Schöner Titel: »Am besten nichts Neues.«[12] Oder: »Liebe Alte, rostet nicht!«[13] Aber das war den anderen zu anstrengend.

---

12 Bildungsbürgerwitz.

13 Bürgerbildungswitz.

Unsere Skatrunden enden meist schon am frühen Nachmittag. Wobei sie eigentlich nicht wirklich enden: Sie »faden« mehr so aus, weil einer nach dem anderen einschläft. Ich raffe dann meinen Rest Jugend zusammen und begebe mich auf einen kleinen Spaziergang durch den Spätsommer meines Lebens. Und auf dem Weg füttere ich ein paar Krähen, um sie milde zu stimmen.

Luthehrlich

Ich stehe vor der Schlosskirche in Wittenberg und nagle einige Thesen an die Pforte. Die Schläge hallen zwar nicht durch ganz Europa, sind aber trotzdem relativ laut. Etwa beim zwölften Schlag öffnet sich plötzlich ein Türflügel, und ich stehe mit erhobenem Hammer vor einem Pfarrer. Er wirkt vergleichsweise jung, schaut kurz skeptisch auf das schwere Werkzeug über seinem Kopf und wendet sich dann an mich: »Was in Gottes Namen tun Sie da?«

»Ich nagle meine Thesen an die Pforte.«

»Was für Thesen?«

»Meine Magisterarbeit. Da geht es zwar um den moralischen Status von Tieren, aber ich hatte gerade nix anderes. Außerdem liest sie dann auch endlich mal jemand. Und wenn ich so drüber nachdenke: Eigentlich ist es auch wichtiger als das, was der olle Luther damals raus... beziehungsweise rangehauen hat.«

»Sagen Sie mal, wollen Sie mich verarschen?«

»Wieso?«

»Für wen halten Sie sich? Also gut, das kann ich mir schon denken, aber falls Sie es noch nicht mitbekommen haben: Wir haben Anno Domini 2017. Veröffentlichen Sie Ihre Thesen doch einfach als Post bei Facebook.«

»Das äh ... das ist aber nicht so öffentlichkeitswirksam.«

Der Pfarrer streckt seinen Kopf noch ein bisschen weiter

zur Tür hinaus und schaut sich ostentativ um. Außer ein paar gelangweilten Krähen ist niemand zu sehen. »Verstehe. So machen Sie ja viel mehr Furore.«

»Na, warten Sie mal ab! Irgendwann wird hier jemand vorbeikommen, es sehen, etwas im Netz veröffentlichen, und dann ... äh ... gnade Ihnen Gott! Oder so. Außerdem: Es geht hier ja mehr um die Reinszenierung einer Aktion, die zu vielen falschen Vorstellungen geführt hat!!«

»Ach, Sie sind Katholik?«

»Was? Nein! Um Gottes willen! Oder eben gerade nicht. Wie kommen Sie darauf? Ich verabscheue Religion beziehungsweise institutionalisierten Glauben.«

»Und warum greifen Sie dann ausgerechnet Martin Luther respektive uns Protestanten an? Wir waren doch diejenigen, die das Ganze ... sagen wir, *aufgelockert* haben.«

»Na, weil das hier eine krasse Martin-Luther-Gedenkstätte ist? Und weil gerade 500-Jahre-sogenannte-Reformation-Gedenkjahr ist? Und weil deswegen überall ein Typ abgefeiert wird, der dafür eintrat, sämtliche Un- oder Andersgläubige, und ganz insbesondere natürlich Juden, entweder zu unterwerfen, von so ziemlich überall zu vertreiben oder zu töten?! Der dazu aufrief, Frauen, die man der Hexerei auch nur verdächtigte, zu verbrennen oder zu Tode zu quälen, und der generell die ›Ansicht‹ vertrat, dass behinderte Menschen Teufelsgeschöpfe seien, und daher dazu riet, behinderte Kinder im Fluss zu ertränken, sich für diesen Dienst sogar mal selbst angeboten haben soll?! Und der überhaupt ein großer Freund, oder besser gesagt: fanatischer Anhänger von Gewalt, Folter und möglichst brutaler Hinrichtung gewesen zu sein scheint, sei es für Ehebrecher, Prostituierte und nichtadelige Gesetzesbrecher, egal welcher Form?! Und weil heutzutage ständig so getan wird, als sei dieser Typ ein strahlender Held gewesen, der nur Gutes für die Menschheit im Schilde führte?! Deswegen?!«

»Naaa«, der Pfarrer wiegt den Kopf hin und her. »Also, es ist ja jetzt nicht so, dass andere Konfessionen in dieser Hinsicht nicht ähnlich oder sagen wir noch ein bisschen *umfangreicher* aufgestellt wären. Man muss solche Äußerungen doch auch im Rahmen ihrer Zeit sehen. Das sollte man nicht mit heutigen Maßstäben beurteilen.«

Ich blinzle ihn angestrengt an: »Ist Ihnen klar, dass es mich geradezu epische Kräfte kostet, darauf nicht mit irgendeinem Satz über Nazis zu reagieren? Ich tue es nur nicht, weil die Regel gilt: Wer als Erstes einen Nazivergleich bringt, hat die Diskussion verloren.«

Der Pfarrer seufzt. »Warten Sie mal kurz«, sagt er und verschwindet aus der Tür. Mir fällt auf, dass ich immer noch mit erhobenem Hammer dastehe. Vielleicht doch ganz gut, dass niemand zugesehen hat. Ich nehme den Hammer runter und massiere ein bisschen meine Schulter. Nach etwa drei Minuten taucht der Pfarrer wieder auf. Er hat eine große Metallkaraffe und zwei mit Edelsteinen besetzte Kelche in der Hand. »Weinchen?«, fragt er.

»Ist das der Messwein?«, frage ich ungläubig.

»Ach«, der Pfarrer winkt ab. »Messwein oder normaler Wein, wir machen da nicht so Bohei draus. Schon allein deswegen lohnt es sich, evangelischer Pfarrer zu werden, hehe.«

Er kichert, und wir setzen uns auf eine Bank vor der Kirche.

»Also«, sagt er und schenkt uns beiden ein. »Es stimmt schon, dass Luther nicht gerade ... nun ja ... *zimperlich* war ...«

»Nicht zimperlich? Er hat über Bauern, die sich gegen

Leibeigenschaft, Notleiden und Hunger erhoben haben, gesagt: ›... *man soll sie zerschmeißen, würgen, stechen, heimlich und öffentlich, wer da kann, wie man einen tollen Hund erschlagen muss.*‹ – Da frage ich mich, an was der Typ bitte schön dachte, als er den Begriff ›Nächstenliebe‹ niedergeschrieben hat!«

»Nun beruhigen Sie sich«, mahnt der Pfarrer. »Der Mann ist doch tot. Wissen Sie, es geht bei diesen Feierlichkeiten doch mehr um die Reformation und nicht um Luther selbst. Er ist ja kein Heiliger. Wir sind doch nicht katholisch. Natürlich *steht* Luther für die Reformation. Aber man kann das eben auch mehr symbolisch verstehen. Das ist überhaupt ein ganz guter Trick, damit kommen wir seit 500 Jahren sehr gut durch. Wie dieser Wein zum Beispiel bei uns Protestanten auch nur symbolisch für das Blut Christi steht. Dafür muss er nichts mit echtem Blut zu tun haben. Und Martin Luther steht halt für ... für einen ersten Schritt weg von der alten Ordnung.«

»Sie meinen im Sinne von ... Moment«, ich krame einen Zettel aus meiner Tasche, »*»Christen verzichten darauf, sich gegen die Obrigkeit zu empören*‹, oder eher im Sinne von ›*Der Esel will Schläge haben, und der Pöbel will mit Gewalt regiert sein. Das wusste Gott wohl; drum gab er der Obrigkeit nicht einen Fuchsschwanz, sondern ein Schwert in die Hand*‹.«

»Wie gesagt: Man sollte Luther eher als eine Symbolfigur betrachten. Versuchen Sie doch mal, die positiven Aspekte zu sehen.«

»Und an was denken Sie da? Seine sympathischen Ansichten über das weibliche Geschlecht vielleicht?«

Der Pfarrer seufzt resigniert. »Okay. Welches Zitat haben Sie sich dazu ergoogelt?« Er nimmt einen tiefen Schluck aus seinem Kelch.

»Na, wie wär's mit: ›*Die größte Ehre, die das Weib hat, ist allemal, dass die Männer durch sie geboren werden.*‹ Oder etwas frecher: ›*Will die Frau nicht, so komm' die Magd!*‹«

»Diese ganzen Zitate sind doch alle völlig aus dem Kontext gerissen!«

»Äh ... wie genau sähe denn der Kontext aus, in dem solche Aussprüche nett und sympathisch wirken?«

»Schauen Sie mal, ich verstehe ja Ihre Kritik. Aber Sie dürfen nicht vergessen, dass Martin Luther vor allem derjenige war, der die Bibel in eine für die breite Bevölkerung verständliche Sprache übersetzt und damit auch den Buchdruck vorangetrieben und viele Menschen motiviert hat, lesen zu lernen.«

»Touché. Das stimmt. Aber nur weil die Nazis Autobahnen gebaut ... ach, fuck!«

Der Pfarrer kichert wieder kurz, dann schweigen wir und nippen ein wenig am Wein. Nach einer Weile sagt er: »Wissen Sie eigentlich, dass es nur eine Legende ist, dass Martin Luther seine Thesen hier an die Kirchentür genagelt hat? Niemand kann sicher sagen, ob das wirklich stattfand.«

»Ich weiß«, sage ich. »Entweder hat sich das irgendwer ausgedacht, oder an dem Tag war hier ähnlich viel los wie heute. Aber egal, ob es stimmt oder nicht, was zählt, ist der symbolische Gehalt der Aktion, nicht wahr? Deshalb muss ich gleich auch mal weitermachen.«

Der Pfarrer seufzt. »Wie ich schon sagte«, murmelt er, »wir haben 2017. Da nagelt man eigentlich nichts mehr an Türen. Zumindest interessiert das niemanden mehr. Aber wenn Sie in dieser Hinsicht überhaupt nicht an sich halten können ...« Er greift in seinen Talar und holt etwas hervor. Es ist ein Päckchen mit Klebestreifen. »Dann tun Sie mir doch wenigstens den Gefallen und machen bitte keine weiteren Löcher in unsere Tür. Die Kirche hat nicht mehr so viel Geld wie früher. Das ist auch ein Ergebnis der Reformation.«

McFraud Consulting

Einweg 13
11011 Berlin

An die Vorstände der christlichen Kirchen
c/o Heiliger Geist
Wege des Herrn AΩ
00000 ÄTHER

Sehr geehrte Herren,

nach einer First-Contact-Analysis Ihres Unternehmens und
einem Overall-Benchmarking im Bereich »Glaubensvermitt-
lung und Heilsversprechen« empfehlen wir ein Innovation-
Start-over mit einer Out-of-the-Box-Lösung unter Berücksich-
tigung folgender Value-Points:

Corporate Identity und Generic Strategy

– Als modernes Dienstleistungsunternehmen sollte sich die
Kirche auf ihren Main-Content besinnen:
  + Kontakt zu Gott
  + Bereinigung des Gewissens
  + Vermarktung von Wertvorstellungen
  + Vermittlung spiritueller Dienstleistungen, darun-
    ter: Taufe, Segen, Heiligsprechung
  + Ticketing für post-mortale Events
– Die Kirche sollte diese Kernkompetenzen in ihrem Auftre-
ten klar herausstellen und ihr Profil nicht mit untergeord-
neten Tätigkeitsfeldern verweihwässern.

- Eine deutliche Unschärfe im derzeitigen Profil der Kirche stellt die Aufspaltung in verschiedenste Unternehmensauftritte, insbesondere katholisch und evangelisch dar. Die damit einhergehenden Unterschiede innerhalb des Filialangebots und -aufbaus erschwert vor allem Neukunden eine einheitliche Orientierung. In dieser Hinsicht ist dringend ein Internal Joint bei Übernahme der jeweils effektivsten Mediation-Structures angeraten.

Legal Covering

- Wir empfehlen eine umfangreiche juristische Absicherung und Patentierung der christlichen Signature-Artefacts. Dies würde die Vergabe von Lizenzen ermöglichen und so lukrative Branding-Distributionen eröffnen, genannt sei hier etwa die Versorgung bayrischer Schulen mit Kreuzen.
- Des Weiteren betrachten wir es als Awesome-Investment-Potencial im Easy-Target-Bereich, Verstöße gegen das Copyright stärker zu ahnden. Insbesondere die weit verbreitete und bisher in weiten Teilen tolerierte Praxis des Private Praying (dt. »Schwarzbeten«) sollte unterbunden werden. Auch hier könnte über die Vergabe von Lizenzen (etwa ein Pay-per-Pray-Format) nachgedacht werden.

Cut-down der Unternehmensstruktur

- Eine Reduzierung der Anzahl aktiv betriebener Filialen wird dringend angeraten. Die Downtime-Zeit eines nicht geringen Teils der anhängigen Filialen schränkt die Agilität des Unternehmens unnötig ein.
- Im Zuge dessen empfehlen wir zudem ein Outsoucerering des wenig rentablen karitativen Subterrains.
- Als Mention nennen wir ein Leadership-Brainstorm-Mee-

ting, um darüber zu beraten, ob die bisherige Top-down-Unternehmenskultur noch zeitgemäß ist.

Vereinfachte Verfahren im End-to-End-Customer-Contact und New-Customer-Mining

Folgende Umstrukturierungen empfehlen wir zur Vereinfachung des Kundendialogs und Neukundengenerierung:

- Eine Umstellung von direkter Vor-Ort-Beichte in den Filialen auf Callcenter- und Messenger-Kommunikation. Zudem halten wir eine Wiedereinführung des Ablasshandels in Form von kostenpflichtigen SMS für zukunftsweisend.
- Eine digitale Repräsentation sämtlicher Kernbereiche des Unternehmens mit Social-Media-Anbindung. Etwa Onlinesegen, der authentifiziert erworben und an andere Kontakte verschickt werden kann.
- Die Einführung von Treuepunkten, die am Tag des Jüngsten Gerichts gegen Gnadenprämien eingetauscht werden können.
- »Hostien to go«, da die Wartezeiten in den Messen und Gottesdiensten heutzutage nicht mehr zumutbar erscheinen.
- Die Ausstattung besonders verkehrsgünstiger Filialen mit einem Abendmahl-Drive-in.

Wir garantieren Ihnen eine effiziente Concentration aufs Idealkundenprofil und ein Take-off-Added-Value, wenn Sie uns mit der Planung und Umsetzung dieser und weiterer Maßnahmen betrauen. Sicherlich können wir Ihnen ein attraktives Angebot im mittleren achtstelligen Bereich machen, garantiert steuerlich absetzbar.

Christian M. Goldkreuz
Sale-out-Manager, McFraud Consulting

Sehr guter Text

Ich komme in die Küche und fühle mich gut.

»Hmmm«, sage ich, »was riecht hier so gut? Bin ich das?«
Meine WG schaut mich skeptisch an.

»Normalerweise kommt er morgens in die Küche und gibt innerhalb der ersten anderthalb Stunden maximal ein Grummeln von sich. Ich weiß grad nicht, was ich sympathischer finde«, sagt Lillith. »Hmmmpf«, antwortet unser Mitbewohner, der aussieht, als hätte er die letzten drei Wochen durchgesoffen, und beugt sich tief über seine Kaffeetasse.

Ich habe inzwischen den Wasserkocher aufgefüllt, schaue auf die spiegelnde Wasseroberfläche und murmle: »Hm. Hallo. Na, das muss ja ein guter Tee werden!«

»Ich mache mir ein bisschen Sorgen«, sagt Lillith. »Dir ist schon klar, dass Montagmorgen ist und du vor nicht allzu langer Zeit aufgestanden bist?«

Ich drehe mich zu Lillith, streiche mir schwungvoll eine Locke aus dem Gesicht, lächle sie an und sage: »Es ist ein ganz wundervoller Morgen. – Ich habe die Nacht mit mir verbracht.«

»Oje«, sagt Lillith und steht auf. »Jetzt ist es also so weit. Komm, wir gehen zum Kopfdoktor.«

»Wieso, geht es dir nicht gut?«, frage ich.

»Wenn ich mir dich so anhöre: Nein.«

»Bist du neidisch?«, frage ich.

»Du meine Güte!«, ruft Lillith und schaut vorwurfsvoll unseren Mitbewohner an. »Hast du wieder das Koks in einem der Salzstreuer aufbewahrt und dann die Streuer verwechselt?«

Unser Mitbewohner hebt langsam den Blick von der Kaffeetasse. Ein langwieriger Verstehensprozess spielt sich in seinen Augen ab. »Ach du Scheiße«, murmelt er leise.

»Kein Grund für schlechte Laune«, sage ich und klopfe ihm auf die Schulter. »Du durftest einen Teil deines Lebens mit mir verbringen. Guck mal, wie ich tanzen kann.« Ich mache ein paar coole Moves.

Entsetzt blickt unser Mitbewohner zu Lillith. »Wir müssen was tun!«

»Scheiße, ja. Aber was?«, fragt Lillith und grinst. »Du weißt doch, wie viel Salz Maik sich morgens immer auf sein Avocadobrötchen haut. Vor allem wenn das Salz nicht salzt ...«

»Hab ich da gerade meinen Namen gehört?«, frage ich. »Oder war das Musik? – Ach, wo ist der Unterschied?! Ich tanz meinen Namen! EM! AH! IH! ...«

»Nein, nein!«, sagt unser Mitbewohner und schüttelt den Kopf. »Das heißt: Ich habe das ganze Wochenende Salz gezogen. Das ist bestimmt nicht gesund!«

»Schlimmer als zwei Tage feiern und durchkoksen wird es schon nicht sein«, beruhigt ihn Lillith. »Aber mit dem da«, sie deutet auf mich, »sollten wir vielleicht mal im Krankenhaus Hallo sagen, bevor er sich in eine Blume verwandelt.«

»Ich weiß, dass du mich schon lange liebst«, sage ich zu Lillith, als wir eine Stunde später zu dritt im Warteraum der

Notaufnahme sitzen. »Und ich kann das auch gut verstehen. Aber es wäre der Welt gegenüber einfach nicht gerecht, wenn ich ...«

»Herr Maschinowky bitte«, ruft eine Krankenpflegerin in den Warteraum.

»Ja, hier!«, ruft unser Mitbewohner und springt auf. »Ich habe übers Wochenende so circa zwanzig Gramm Salz durch die Nase gezogen, kann man daran sterben?«

»Fragen Sie das den Arzt«, sagt die Krankenpflegerin und schaut auf mich. Ich bin gerade dabei, meinen Bizeps zu bewundern. »Gehört der zu Ihnen?«, fragt sie.

»Gute Frau«, antworte ich selbst, »dieser schöne Arm ist an mir festgewachsen. Offensichtlich gehört der zu mir.«

»Er hat eine kleine ... na ja ... vielleicht eine größere kleine Überdosis Koks intus«, flüstert Lillith leise.

»Erzählen Sie das dem Arzt«, flüstert die Krankenpflegerin zurück und führt uns in einen Behandlungsraum. Ich nutze die anschließende Wartezeit, um den anderen ein paar Zaubertricks zu zeigen, die ich selbst noch gar nicht kannte. Dann kommt plötzlich schwungvoll ein Arzt durch eine Seitentür, schaut sich um und geht schnurstracks auf Lillith zu. »Ah, ich seh schon, Sie sind ein bisschen blass, aber keine Sorge, das wird schon nichts Schlimmes sein!« Er leuchtet ihr ins Auge.

Lillith schüttelt perplex den Kopf und deutet auf mich. »Der da.«

»Hi«, sage ich und schnippe mir lässig ein Kaugummi neben den Mund.

Unser Mitbewohner springt ins Bild. »Hallo, ich habe übers Wochenende so circa zwanzig Gramm Salz geschnupft, kann man daran sterben?«

Der Arzt macht ein nachdenkliches Gesicht. »Hm. Zwanzig Gramm sagen Sie? Schauen Sie mich mal an. Wie viele Finger sind das? Ehmhm. Machen Sie mal ein paar Kniebeugen. Gut. Jetzt mal bitte den linken Zeigefinger an die Nasenspitze. Sehr schön. Können Sie eine Grimasse schneiden? Ja, schick. Jetzt stecken Sie bitte mal Ihren rechten Arm unter dem linken Bein durch, kraulen sich selber unter dem Kinn und sagen: Duzidu.«

Unser Mitbewohner macht, wie ihm geheißen.

Der Arzt schaut ihn nachdenklich an. »Erschreckend. Diese Macht. – Zurück zu Ihnen.«

Er dreht sich wieder zu Lillith um. »Ich hab Ihnen hier mal was aufgeschrieben.«

Er holt einen bereits ausgefüllten Rezeptblock aus der Tasche, reißt einen Zettel ab und gibt ihn Lillith. Darauf steht Ibuprofen. »Wenn es Ihnen damit in drei Tagen nicht besser geht, gehen Sie bitte zu Ihrem Hausarzt. Gute Besserung.« Damit wendet er sich schwungvoll um und eilt Richtung Tür.

»Moment!«, ruft Lillith und deutet auf mich. »Schauen Sie sich den da doch mal bitte genau an!«

»Gute Idee«, sage ich und nicke anerkennend. Der Arzt mustert mich und blickt dann fragend zu Lillith.

Die wiegt den Kopf hin und her. »Er hat eine Überdosis Koks genommen ...«

Der Arzt grummelt, nimmt seine Taschenlampe und leuchtet mir in Augen, Nase und Mund. Dann horcht er mit dem Stethoskop an meiner Brust.

»Und? – War's schön?«, frage ich, als er fertig ist.

Er dreht sich wieder zu Lillith, schreibt etwas auf seinen Rezeptblock, reißt einen Zettel ab und reicht ihn ihr. »Hier ist meine Nummer. Wenn Sie noch mehr von dem Zeug haben, rufen Sie mich bitte an! Das scheint gute Qualität zu sein.«

Als er durch die Nebentür verschwindet, hören wir noch, wie er sagt: »Hmmm, was riecht hier eigentlich so gut? Bin ich das?«

Der Anstand

M. trat von einem Fuß auf den anderen, zog fröstelnd den Kragen seiner Jacke enger und blickte mit müden Augen zum Himmel. Inzwischen ging die Sonne wieder auf, aber die Schlange kam jetzt schon seit einer ganzen Weile nicht mehr wirklich voran. Zwar hatte er das Gefühl, ein Stück weiter zu sein als noch vor einiger Zeit, aber er war sich unsicher, ob dieser Eindruck nicht vielleicht einfach dadurch entstand, dass die Schlange immer länger wurde. Das Ende war inzwischen nicht mal mehr zu sehen. Der Anfang ohnehin nicht. Ganz Berlin schien hier inzwischen anzustehen.

Er überlegte, wie lange es her war, dass er sich eingereiht hatte. Daran konnte er sich allerdings ebenso wenig erinnern wie daran, *wofür* er überhaupt anstand. Aber irgendeinen Grund würde er schon gehabt haben, sich anzustellen, also konnte es so falsch nicht sein. Zudem war er offenbar nicht der Einzige, der vergessen hatte, worauf oder wofür man hier eigentlich wartete. Das wusste anscheinend niemand mehr so genau. Die Ansichten darüber, wohin diese Schlange führte, gingen zum Teil erheblich auseinander. Einige waren der Meinung, es müsse sich fraglos um die Schlange zu einem Club handeln; nur da wären die Schlangen so lang und die Leute trotzdem bereit, sich anzustellen. Andere wiederum waren überzeugt, ausschließlich Ämter könnten so viel Dringlichkeit erzeugen, dass die Leute nicht einfach irgendwann wieder gehen. Bisweilen wurde gemunkelt, die Schlange führe zu einer Kafka-Ausstellung. Die meisten vermuteten allerdings, es gäbe irgendetwas umsonst oder zumindest eine Rabattaktion.

Zwischendurch machten auch immer mal wieder abstruse Spekulationen die Runde. Zum Beispiel dass so viele Menschen wohl nur für die Weltrevolution anstünden oder zumindest die Wahrheit, denn alles andere sei es doch nicht wert, so lang zu warten. Demgegenüber standen kleine Gruppen religiöser Fanatiker, die zwischendurch ausriefen, man warte aufs Jüngste Gericht.

Dann schienen immer einige Leute zu überlegen, ob sie sich nicht doch in der Schlange geirrt hatten. Man konnte ihnen förmlich dabei zusehen, wie sie mit sich rangen, ihren Platz in der Schlange wirklich aufzugeben und einzugestehen, so viel Zeit mit einem Fehler verbracht zu haben. Die meisten beließen es daher beim bloßen Ansatz, blieben stehen und richteten ihren Blick wieder in eine innere Ferne. Nur wenige wagten den Ausbruch, schauten sich dann kritisch um, schlugen sich obligatorisch mit der Stirn an die Hand oder taten so, als hätten sie jemanden oder etwas in einiger Entfernung entdeckt, und eilten mit zielgerichtetem Blick schnell davon. Manche holten auch ihr Smartphone hervor, spielten eine Weile darauf herum und verließen dann langsam, das Gesicht stoisch über den Bildschirm gebeugt und den Daumen unablässig darüberhuschend, die Schlange.

So etwas belebte immer für eine kurze Zeit die Menge. Es war dann ein zufriedenes oder selbstbestätigendes Gemurmel zu vernehmen, man rückte auf und manchmal auch ein wenig zusammen. Dabei hatten sich bisweilen schon vereinzelt Paare gebildet, die – sei es aus echter Zuneigung oder schlichter Langeweile – Zärtlichkeiten austauschten.

Ein Gerücht, welches immer wieder für sehr viel Unruhe sorgte, wenn es sich in regelmäßigen Abständen gleichsam wellenartig seinen Weg durch die Konversationen der Anstehenden bahnte, war, dass es sich bei der Schlange womöglich schlicht um eine Kunstaktion oder eine Verarschung (die Grenzen sind ja oft fließend) handelte und sie letztlich nirgendwohin führe: Es hätten sich einfach einige Leute irgendwo in die Gegend gestellt und, wie in Berlin üblich, reihten sich alsbald ein paar Neugierige ein, und so sei es nach und nach zu dieser gigantischen Schlange gekommen.

M. kaufte einem vorbeikommenden Straßenhändler so etwas Ähnliches wie einen Tee ab. Mittlerweile hatte sich eine ganze Infrastruktur um die Anstehenden etabliert: Regelmäßig kamen Straßenverkäufer und -verkäuferinnen vorbei und versorgten die Wartenden mit Kaffee, Tee, Erfrischungsgetränken, Snacks, Mahlzeiten und Zahnbürsten oder anderen Gegenständen des täglichen Bedarfs.

Ihre Toilette hatten die Anstehenden zunächst größtenteils in den umliegenden Cafés und Kneipen erledigt, die daraufhin aber immer höhere Preise dafür verlangten, sich in ihrem Sanitärbereich von den üblichen Lasten des organischen Stoffwechsels befreien zu dürfen. Weil sich diese Preissteigerung allerdings recht schnell und auf sehr unangenehme Weise in der unmittelbaren Umgebung bemerkbar gemacht hatte, entschied die Stadt – oder sonstwer – einzugreifen und ließ Toilettenwagen und Dixi-Klos in der Nähe der großen Schlange einrichten, an denen sich seitdem wiederum kleinere Schlangen bildeten. Die Klos in den nahe gelegenen Cafés wurden mittlerweile nur noch von wohlhabenden Leuten in Anspruch genommen, die sich auch den Service der stellvertretenden Warter- und Warterinnen leisten konnten, welche mit Klappstühlen und Werbetafeln in der Hand die Reihen abschritten, um ihre Dienste anzubieten.

Wer das nicht konnte, war darauf angewiesen, sich mit seinen Nachbarn und Nachbarinnen zu arrangieren. Auf die Weise bildeten sich Schlafgemeinschaften, in denen Matratzen oder Liegen geteilt und darauf geachtet wurde, die Schlafenden im Falle eines plötzlichen Vorankommens zu wecken oder mitzuschleifen.

Innerhalb der meisten Gruppen herrschte eine eher sachliche Stimmung vor, aber zum Glück gehörte M. einer sehr persönlichen und aufgeschlossenen Gruppe an. Es war fast familiär. Vor allem seit dem rührendsten Ereignis, als bei einer schwangeren Frau unerwartet die Wehen einsetzten, sie sich gleich mit dem Vater auf den Weg ins Krankenhaus gemacht hatte, das junge Elternpaar dann aber, einige Tage später, mit dem kleinen Nachwuchs im Arm wieder auftauchte und sich erneut einreihte. Das sorgte für eine heitere Atmosphäre und stärkte das Gemeinschaftsgefühl der umliegenden Wartenden enorm, wiewohl vereinzelte Stimmen murrten, das Baby hätte sich in gewisser Weise vorgedrängelt.

Diese Empfindlichkeit gegenüber auch nur der kleinsten Art von Drängelei ist an sich nicht ungewöhnlich für Warteschlangen. Allerdings war dieses Thema seit einiger Zeit besonders aufgeladen, denn gelegentlich kam es zu Vorfällen mit professionell organisierten Dränglern, die, wie sich herausstellte, versuchten, einen guten Platz zu ergattern und diesen dann höchstbietend im Internet zu versteigern. Die Emotionen kochten hoch, und es kam zu Rangeleien, die sich so sehr zuspitzten, dass die Drängler letztlich vor einem

kleinen Lynchmob beschützt werden mussten, der sich ange-
stellt hatte, um sie zu malträtieren. Aber wo Ordnung gesucht
wird, dort finden sich Ordner. Und so tauchten nach einiger
Zeit grimmige Männer in dicken Jacken mit dem Schriftzug
»Security« auf und entfernten die Drängler ebenso wie die
aggressivsten Lyncher – nebst einiger Unschuldiger, was
aber von den meisten in der Schlange stillschweigend und
mit gesenktem Kopf hingenommen wurde, entweder weil sie
sich einen Vorteil davon versprachen oder aber Angst hatten,
selbst aus den Reihen entfernt zu werden.

M. hatte gerade seinen Tee, oder was auch immer das war,
ausgetrunken, als sich aufgeregtes Gemurmel breitmachte: Offenbar hatte man an einer Straßenecke das Ende einer langen
Warteschlange gesichtet. Sofort wurden einige Kundschafte-
rinnen ausgeschickt, um herauszufinden, ob es sich dabei um
eine andere Schlange handelte oder etwa um dieselbe, in der
man stand. Nach einiger Zeit kamen jedoch die meisten der
Ausgesandten zurück und berichteten, dass sich diese wichtige Frage (denn eine andere Schlange würde ja abermals Anlass zum Zweifel geben, ob man wirklich richtig stand) nicht
so ohne Weiteres, zumindest nicht ohne eine umfangreichere
Planung und bessere Ausrüstung, beantworten ließe.

Dann kam Bewegung in die Menge: Offenbar hatten einige
Leute kurzerhand beschlossen, abzuwandern und ihr Glück
in der anderen Schlange zu versuchen. Schnell rückte man
auf und füllte die entstandenen Lücken. Dieses unerwartete
Aufschließen ließ bei den Verbleibenden wiederum neuen
Mut und neue Zuversicht aufkommen, auch bei M. »Denn
das Wichtigste«, dachte er, »ist doch, dass es vorangeht!«

Bürgerinformation

Ein Bürger ist grad frisch erwacht
Und hat das Radio angemacht.
Es läuft der Sender seiner Wahl,
Das ist ein Frühstücksritual.

Er hört gern, was die Welt bewegt,
Während er sein Brot belegt.
Und schon beim ersten Messerstreich
Bricht irgendwo ein alter Deich.

Als er den Käse dann aufs Brot drapiert,
Werden viele Leute massakriert.
Jemand spricht von »Massenmord«,
Zum Glück an einem fernen Ort.

Der Bürger köpft das harte Ei,
Da kommt Meldung Nummer drei:
Ein Mensch verlor brutal sein Haupt,
Man fand, er hätte falsch geglaubt.

Der Kaffee ist fertig, der Bürger wird munter,
Zwischendurch geht noch ein Öltanker unter.
Und Tausende Menschen verlieren das Leben
Durch ein schweres Erdenerbeben.

Mit dunkler, ernster Miene
Greift der Bürger nun zur Margarine.
Er hört von brennenden Wäldern
Und Kindern auf Minenfeldern.

»Da gehören sie eigentlich nicht hin«,
Grummelt der Bürger ins Kinn
Und schiebt die roten Trauben zur Seite.
Kurze Zeit später gehen Staatskassen pleite.

Das Klima, heißt es, müsse sich wenden,
Sonst würd' die Menschheit gänzlich verenden.
Der Bürger erschrickt, könnt' die Haare sich raufen,
Er hatte vergessen, Schinken zu kaufen!

Nun tönt es aus dem Sprechgerät,
Man müsse was tun, sonst wär' es zu spät.
Die Bürger in den reicheren Ländern
Sei'n gefordert, ihr Leben zu ändern!

Da erhebt sich der Bürger, schaltet schnell aus,
Solches Gerede ist ihm ein Graus.
Denn wer rücksichtsvoll ist und wahrhaft bescheiden,
Schweigt von sich, wenn andere leiden.

Hitler war ja auch Vegetarier

Um dieses Bild mal möglichst objektiv zu differenzieren:

Das dumme Arschloch mit dem hässlichen Schnauzbart soll sich ab einem gewissen Punkt seines viel zu langen Lebens größtenteils, wenn auch nicht ausschließlich, vegetarisch ernährt haben. Von ein paar Vögeln oder seinen geliebten Leberknödeln einmal abgesehen. Das lag möglicherweise zunächst auch daran, dass er nach dem, hoffentlich schlechten, Essen häufiger mal Probleme mit der Verdauung bekam, es sei ihm gegönnt. Aber anstatt auf die Idee zu kommen, dass es unweigerlich Probleme geben muss, wenn man Essen in ein Arschloch stopft, hat er wohl verschiedene Diäten ausprobiert und war zu dem Schluss gekommen, dass es ihm bedauerlicherweise besser ging, wenn er kein Fleisch aß. Sein widerwärtiger Leibarzt soll versucht haben, ihn davon abzubringen, aber der olle Adolf blieb dabei – wegen der Scheiße, die unten rauskam, aber tatsächlich auch noch aus anderen Gründen, die später erläutert werden sollen.

Ein Problem, welches sich nun stellte, war, wie sich die vegetarische Kost und auch sonstige Enthaltsamkeiten des Führers etwa bei propagandistischen Feldbesuchen des Reichsheers erklären ließen, ohne dabei seinen Stuhlgang zu thematisieren. Goebbels wählte in diesem Punkt eine den Nazis ohnehin liegende Taktik: Angriff. Er inszenierte das Bild eines »asketischen Führers«, welcher auf weltliche Genüsse, wie zum Beispiel auch Alkohol und Tabak, verzichtete und sich ausschließlich von Nahrung mit deutschen Wurzeln ernährte. Eine Frage, die das aufwirft, ist allerdings: Weshalb dieses Bild eines asketischen Führers, der bei öffentlichen Auftritten vegetarisch verköstigt wird, statt des Bildes eines Führers, der zum Beispiel einfach gar nichts isst? Sicherlich hätten die Leute auch das gefressen. Um diesen Umstand zu verstehen, muss man noch ein Stück weiter zurückgehen in der Geschichte des Volkes, das die Nazis erfand.

Es ist (aufgrund der darauffolgenden Ereignisse verständlicherweise) etwas untergegangen, dass sich im 19. Jahrhundert innerhalb Europas eine rasant wachsende Tierschutz- und Vegetarismusbewegung ausbreitete. Vegetarier und Tierfreund zu sein, war ab Mitte, spätestens am Ende des 19. Jahrhunderts vor allem unter Intellektuellen ziemlich hip. Nur leider waren zur gleichen Zeit, gerade im deutschen Kaiserreich, Antisemitismus, Nationalismus und Volkstümelei ebenfalls sehr hip. Das führte natürlich dazu, dass die ganz hippen Leute versuchten, diese beiden Strömungen miteinander zu verbinden, und daraus einen neuen Style kreierten, etwas, das ich mal den »Blut-und-Boden-Vegetarier« nennen möchte. Eine Kombination, die sehr früh kritisiert wurde, aber wann hätte Mode je etwas auf Kritik gegeben?

Die Blut-und-Boden-Vegetarier verbreiteten die Ansicht, dass vor allem die Juden mit der Praktik des Schächtens die Tierquälerei in die germanischen Lande eingeschleppt hätten und zudem die Erfinder des Tierversuchs seien. Das deutsche Volk an sich hingegen sei von Natur aus tierlieb und naturverbunden, und es stünde ihm nicht an, seinen reinen Leib mit dem Kadaver anderer Lebewesen zu beschmutzen, wie dies niedere Völker täten. Der wohl bekannteste Vertreter dieser Strömung war Richard Wagner. Er war, neben seiner Arbeit als Komponist stressiger Musik, ein ebenso engagierter Vegetarier und Tierschützer wie Antisemit und sah im Fleischessen den Inbegriff jüdischer Barbarei. Zwar war Wagner irgendwann tot, aber sein Style lebte weiter. Er war ja nur einer von vielen. Und zur Zeit der Machtergreifung der Nazis war die Verbindung von Blut-und-Boden-Ideologie und Antisemitismus mit Tierschutz und Vegetarismus nach wie vor sehr weit verbreitet. Natürlich auch bei Nazis und solchen, die es werden wollten. Dies führte zum Beispiel absurderweise dazu, dass die Nazis tatsächlich das zu dem Zeitpunkt umfangreichste und ausgeklügeltste (ordentlich waren sie ja) Tierschutzgesetz der Welt einführten. Das ist den meisten Tierschutz- und Tierrechtsorganisationen bis heute sehr, sehr unangenehm. In erster Linie natürlich aufgrund der Verbindung von Tierschutz und Nazis. Aber auch dass dieses Gesetz weiterhin als das weltweit umfangreichste seiner Art bis 1972 in Kraft blieb – die Welt schien beim Thema Tierleid offenbar lieber auf dem Stand eines Nazigesetzes stehen zu bleiben, als darüber hinauszugehen.

Zumindest hatten die Nazis also ein einigermaßen umfangreiches Tierschutzgesetz (das so umfangreich gar nicht war, aber das ist ein anderes Thema) und einen asketisch und tierlieb inszenierten, vegetarischen Führer, während andererseits Massen an Menschen systematisch ermordet oder gar grausamsten Versuchen unterzogen wurden. Da stellt sich natürlich die Frage: What. The. Fuck?!

Neben der Einbindung eines populären Themas in ihre Inszenierungen liegt aber die ideologische Idee, welche den Nazis dieses obskure Nebeneinander von Haltungen nicht widersprüchlich erscheinen ließ, eigentlich auf der nach oben gereckten Hand: Wenn der Führer öffentlich vegetarisch aß und sich für Tierschutz einsetzte, zeigte dies doch: »Selbst die Tiere sind uns mehr wert als die ›niederen Menschenrassen‹.« – Eine Haltung, die sich nicht als sonderlich moralisch bezeichnen lässt.

Epilog:

Auch heute noch setzen viele rechte und neonazistische Vereinigungen auf den Tierschutz, um ihre Weltanschauung zu verbreiten. So gibt es eine erschreckend hohe Anzahl von Betrieben, welche versuchen, unter dem Schlagwort »regionale Landwirtschaft« völkische Ideen mitzuverkaufen, und rechte Politgruppen bringen sich gerne auf ihre ganz eigene Art in Diskussionen ums Thema Schächten ein. Und natürlich gab und gibt es dabei immer wieder rechte Pendants zu linken Tierrechtsbewegungen – die tragen dann solche Namen wie »Antispeziesisten im nationalen Widerstand« oder »Nationale Sozialisten – AG Tierrecht« und setzen sich *ernsthaft* für Ziele ein wie zum Beispiel: die Unterlassung von Rassendurchmischung deutscher Zuchttiere mit nicht deutschen Zuchttieren. Wow. Beeindrückend.

Frau Sm...üllers Einöde

Immer mal wieder gibt es diese dunklen Kapitel im Leben freiberuflicher – nennen wir es der Einfachheit halber mal – »Künstler«, in denen sie, vom Markt ausgespuckt, nach der helfenden Hand des Staates greifen müssen. Auch ich hatte Gelegenheit, in diesen Genuss zu kommen ...

Widerstrebend drücke ich die Türklinke zum Raum Nummer 9 herunter. Ich habe den Befehl erhalten, heute eine weitere Audienz bei meiner neuen Sachbearbeiterin wahrzunehmen. Zur Verbesserung der Betriebsabläufe sorgt das Jobcenter dafür, dass alle sogenannten »Kunden« turnusmäßig einen neuen »Betreuer« oder eine neue »Betreuerin« zugewiesen bekommen. Trotz dieser Maßnahmen wider die Gefahr zwischenmenschlicher Bindungen bin ich mit meinen bisherigen Betreuern und Betreuerinnen immer ganz gut zurechtgekommen. Mit Herrn Knoll, der kurz vor der Rente stand und auf seine alten Tage noch was Gutes tun wollte, und auch mit Frau Wittke, die selber, wie ich, nach einem Philosophiestudium lange auf Hartz IV war und dementsprechend viel Verständnis für meine Situation hatte. Vor allem aber mit Franceska, die ich eines Abends zufällig in einer Kreuzberger Kneipe getroffen hab und mit der ich dann die restliche Nacht um die Häuser gezogen bin, was unsere weiteren Termine eher zu einer Art Frühschoppen hat werden lassen.

Meine neue Sachbearbeiterin hingegen ist ein wahrer Drache. Ich glaube, sie hat den Posten im Jobcenter nur angenommen, weil sie dort ihren Menschenhass ausleben kann. Man erwartet bei solchen Leuten immer, dass sich ihre Misanthropie in einem entsprechenden Namen niederschlägt und sie Frau Boes oder Frau Zank oder Frau Grrrr heißen. Stattdessen heißt meine neue Sachbearbeiterin einfach nur Müller. Aber welche bösen Menschen hatten schon tatsächlich einen Namen, der ihre finsteren Absichten verraten hätte. Außer Jack the Ripper vielleicht. Da mich Frau Müller allerdings so sehr an einen Drachen erinnert, nenne ich sie heimlich immer Frau Smaug.

Frau Smaug hatte mich innerhalb kürzester Zeit mit allen erdenklichen bürokratischen Mitteln in Angst und Schrecken versetzt und ließ keine Gelegenheit aus, mir klarzumachen, was ich in ihren Augen war: Zeitverschwendung. Und zwar gesamtgesellschaftlich gesehen.

Als ich den Raum betrete, steht Frau Smaug gerade an einem Aktenschrank und sucht etwas.

»Hallo«, sage ich vorsichtig und setze mich still auf meinen Platz, um sie nicht zu stören. Frau Smaug wühlt weiter in den Akten herum. *Wie ein Drache in seinem Goldhaufen*, denke ich.

Nach einer Weile sagt sie genervt und ohne aufzuschauen: »Ja, bitte?«

»Äh ... ja, ich komme wegen, also ich habe einen Termin ... Und was soll ich sagen? – Da bin ich!«

»Und Ihren Namen soll ich erraten, oder was?«, faucht sie.

Wie lange würde es wohl dauern, einer Riesenechse mit einem Blatt Papier die Kehle durchzuschneiden? »Martschinkowsky, Maik«, sage ich kleinlaut.

Frau Smaug knurrt leise, setzt sich an den Schreibtisch, tippt mit ihren Krallen auf die Computertastatur, nickt und sagt: »Da Ihnen offensichtlich die Kompetenzen fehlen, sich auf Stellen zu bewerben, bei denen Sie Aussicht auf Erfolg haben könnten, werde ich Sie in einem Bewerbungstraining unterbringen.«

»Aber ... ich habe mich doch an unsere Abmachung gehalten und jeden Monat zwölf Bewerbungen rausgeschickt!« *Jede Woche drei Opfer, um den Drachen ruhigzustellen.*

»Sie haben sich per E-Mail initiativ als Tierpsychologe, Stuntman, Massagetester, Serienkritiker, Golfballtaucher, Exosoziologe und ähnlich Exotisches beworben, wofür sie noch nicht mal den Ansatz einer Qualifikation, geschweige denn Aussicht auf Erfolg hatten, Herr Martschinkowsky.«

»Ja, aber Sie haben mich doch auch einen Zettel unterschreiben lassen, auf dem stand, dass ich bereit bin, Arbeiten anzunehmen, die nicht meinen Qualifikationen entsprechen. Und dem bin ich nachgegangen.« *Gnade!*

Frau Smaug steht auf und wendet sich wieder dem Aktenschrank zu. »Wir sehen uns in drei Wochen wieder.«

Drei Wochen später sitze ich erneut auf dem Schemel in der Drachenhöhle. Frau Smaug schaut mich abschätzig über ihre schmalen Brillengläser hinweg an. Aus ihrer Nase steigen kleine Rauchfäden. »Und, wie sind Sie beim Bewerbungstraining hinsichtlich Ihrer Ansichten zum Thema ›erfolgversprechende Stellensuche‹ weitergekommen?«

Ich habe drei Wochen lang von morgens um neun bis nachmittags um vier vor einem Computer in einem neonbeleuchteten Raum eines Berliner Nichtorts gesessen und sollte – googeln.

»Ich, äh ... bin zu der Erkenntnis gekommen, dass sich

mit Werbung viel Geld verdienen lässt«, sage ich. »Vielleicht sollte ich in die Werbebranche einsteigen.«

Frau Smaug legt den Kopf schief und mustert mich eine Weile schweigend.

»Was ist mit der Ausschreibung für eine Weiterbildung als Verwaltungsfachangestellter? Haben Sie darauf reagiert?«

Jetzt keinen Fehler begehen. »Sie sehen heute sehr gut aus, Frau Sm...üller!«

»Ja. Und haben Sie auf die Ausschreibung reagiert? «

»Äh ... das Bewerbungscoaching war sehr einnehmend, deshalb ... Was, ehm ... könnte ich denn dann mit dieser Weiterbildung werden?«

»Verwaltungsfachangestellter.«

Sie will mich zu einem der ihren machen. Sie ist ein Vampirdrache! »Ehem – ja, Verwaltungsfachangestellter also, sehr schön ... äh ... Was kann ich dann da so ... verwalten? Haha ...« Ich lache ein bisschen, um die Situation aufzulockern. Frau Smaug wartet, bis ich damit fertig bin. Dann sagt sie: »Sie können damit in der Kfz-Anmeldung oder der Asylbehörde arbeiten, das macht keinen Unterschied.«

Außer vielleicht dem, dass in der Kfz-Anmeldung mehr Genehmigungen erteilt werden. »Ah. Aber, also, wissen Sie, ich wäre durchaus bereit, die Stellenanzeigen und Weiterbildungen, die Sie mir anbieten, also zumindest für einige Zeit den andren paar Millionen zu überlassen, die sich darüber freuen würden ...« *Habe ich das gerade wirklich gesagt?* Ich ducke mich ein wenig.

Frau Smaug hebt einen großen Stapel Papiere aus dem Schreibtisch und lässt ihn vor mir auf die Tischplatte knallen. »Sie suchen sich hier eine Weiterbildungsmaßnahme heraus. Wenn Sie zum nächsten Termin nichts vorzuweisen haben, können Sie sich schon mal Gedanken machen, wo es Ihnen am leichtesten fällt zu sparen.« Ich schlucke und trete den Rückzug an.

Beim nächsten Termin wirkt Frau Smaug für ihre Verhältnisse fast vergnügt, als sie sagt: »Und, wie hat Ihnen die Weiterbildung gefallen, Herr Martschinkowsky?«

Als ich dem Typen vom Maßnahmenträger gesagt habe, dass ich eigentlich gar keine Lust hätte, meinte er, es wäre für ihn vollkommen in Ordnung, wenn ich einfach das Formular unterschreibe und wir uns nie wiedersehen würden, denn das Geld bekäme er dann trotzdem. Zweitausendfünfhundert Euro. Das ist fast das Dreifache von dem, was ich von der Arbeitsagentur erhalte.

Ah, Scheiße, das wollte ich doch nur denken. Egal. Mir kann sie nichts mehr tun.

Frau Smaug schnaubt mit einer Mischung aus Verachtung und Belustigung. »Sie meinen, weil Sie diese Ritterrüstung anhaben und mit Schwert und Schild rumfuchteln? Aber das wird Ihnen nichts nützen!«

Frau Smaug erhebt sich und baut sich vor mir auf. »Von mir werden Sie nichts bekommen. Ich sanktioniere und vermittle, wo ich will, wann ich will! Mein Schutz ist Bürokratie! Kein Gerede kann mich erweichen! Meine Anordnungen sind korrekt! Meine Formulierungen exakt! Und meine Briefe WERDEN IMMER ZUGESTELLT!!!!«

Sie schiebt langsam ihren Kopf nach vorne, bis ihr Gesicht so nah vor meinem ist, dass ich ihr Mundwasser riechen kann.

»Ich sag Ihnen was: Ich finde es fast niedlich, dass Sie hier in einer Rüstung aufkreuzen. Immerhin haben Sie sich endlich mal für etwas Mühe gegeben. Ich bin sogar fast geneigt,

Sie damit durchkommen zu lassen, aber ... ich glaube nicht. Ich denke, unser kleines Spiel endet hier. Ich werde Ihnen zeigen, dass die Feder stärker ist als das Schwert: Wenn Sie sich diese Ritterausrüstung leisten konnten, dann muss ich wohl davon ausgehen, dass Sie über nicht aufgedeckte Vermögenswerte verfügen. Und bis Sie mir glaubhaft machen können, dass dem nicht so ist, werden sie für alle weiteren Bezüge gesperrt. Harharhar!«

Hm. Vielleicht wäre Bestechung doch die bessere Wahl gewesen ...

Bitte recht feindlich

Wenn bei Wirtschaftsdebatten immer wieder von fairem Wettbewerb, Leistung, Vorsprung, Gewinnen, Einsatz, Mithalten, Durchhalten, Aufstellung oder manchmal sogar Spielregeln die Rede ist, bekommt man bisweilen den Eindruck, die Weltwirtschaft sei im Grunde so etwas wie ein großes Sportfest.

Aber sieht man mal von der Verwertung des ganzen Tamtams rundherum ab, sind sich Sport und Wirtschaft ja eigentlich nicht besonders ähnlich. Ein sportlicher Wettkampf ist letztlich ein Spiel: Einige Teilnehmer*innen mit ähnlichen Fähigkeiten treten in klar definierten Disziplinen unter möglichst gleichen Startvoraussetzungen innerhalb eines ausgeprägten Regelsystems für einen begrenzten Zeitraum freiwillig gegeneinander an, um herauszufinden, wer in der Lage ist, in einem direkten Vergleich das bessere Ergebnis zu erzielen.

Innerhalb der wirtschaftlichen Konkurrenz oder Rivalität hingegen ist jedes Mitglied der Gesellschaft den größten Teil seines Lebens gefordert, ja, gezwungen, mit egal welchen Fähigkeiten, unter wechselnden Umständen und sehr unterschiedlichen Voraussetzungen im Rahmen einiger weniger, teilweise widersprüchlicher Regulierungen, auf Grundlage begrenzter Verdienstmöglichkeiten irgendwie Geld zu beschaffen, sei es zur Erfüllung existenzieller Bedürfnisse oder luxuriöser Wünsche.

Würden sportliche Wettkämpfe so ablaufen wie Markt-prozesse, ließe man etwa bei der Tour de France Teams aus hochtrainierten Spitzensportlern mit High-End-Rädern und sportmedizinischer Expertenversorgung gegen Holger, den Hobbyrennradfahrer, Florian mit seinem Fixie, Frau Antje mit ihrem Hollandrad, den kleinen Malte, dem gerade sein Fahrrad geklaut wurde, und eine Eiskunstläuferin, die gar nicht weiß, was sie da soll, antreten. Gewinnen würde aber letztlich der kleine Dicke von Schrödinger, von »Adel auf dem Radel«, weil er halt ein Elektrorad hat.

Oder beim Boxen hieße es dann zum Beispiel: »Laaadiiiies and Gentlemen! In der rechten Ecke: Nachdem es mit dem Radsport nicht geklappt hat, heute zum ersten Mal und ge-gen seinen Willen im Ring, mit einem Kampfgewicht von 43,7 Kilo aus der Anfängerklasse des TuS Hinterland, der 12-jährige Malteeeeee! In der linken Ecke, der mehrfache Weltmeister im Schwergewicht: Wladimiiir Klitschkooooo! – Eine kleine Überraschung haben wir heute Abend für unse-re Kontrahenten bereit: Es ist jede Form körperlicher Gewalt erlaubt, solange keine Waffen eingesetzt werden. Freuen wir uns auf einen fairen Wettbewerb!«

Das wäre vielleicht kurz interessant. Vor allem kurz. Aber kein Wettbewerb. – Ein Wettbewerb bekommt ja seinen Sinn gerade mit der Herstellung maximaler Chancengleichheit durch Einschränkung der Mittel. Im Kapitalismus hingegen versucht jeder, unter Einsatz aller zur Verfügung stehenden Mittel zu gewinnen. Und viel mehr noch: den individuellen Verlust zu vermeiden. Denn in der Marktwirtschaft bedeutet Verlieren Verlust. Wer Zeit oder Geld etwa in ein Unterneh-men investiert, das keinen interessiert, eine Servicedienstleis-tung, die niemand nutzt, oder Wertpapiere, die der selbstlose

Bankberater als absolut sichere Nummer angepriesen hat, steht nicht nur nicht auf einem Siegertreppchen, der steht im Keller. Wer Schulden macht, muss erst mal Verlust überwinden, um an Gewinn überhaupt zu denken. Und wer seinen Job verliert oder keinen findet, hat dieses Schicksal in den meisten Fällen nicht freiwillig gewählt. Zudem geht der Gewinn im Kapitalismus häufig mit dem Verlust eines anderen einher.

Im Sport hingegen gibt es eigentlich keinen wirklichen Verlust. Sportler*innen investieren Zeit, Training und Ehrgeiz in einen Wettkampf, und dann gewinnen sie oder halt nicht. Auch wenn nach sportlichen Wettkämpfen gerne mal dramatische Reden von »bitteren Niederlagen« und »herben Verlusten« geschwungen werden – in der Regel haben die Teilnehmer*innen, zumindest was ihre sportlichen Leistungen angeht, nichts verloren. Keine Marathonläuferin wird plötzlich kurzatmig, nur weil sie nicht Erste war, und kein Tischtennisspieler hält wegen eines nicht gewonnenen Turniers den Schläger falsch herum.

Würde man das Prinzip des Verlustes auch noch in den Sport übertragen, hieße das zum Beispiel: Wenn der kleine Malte gezwungen wäre, im Armdrücken gegen Sylvester Stallone anzutreten, und verlöre, wär' der Arm halt weg. Oder eine Fußballmannschaft, die eine Saison schlecht spielt, würde einfach aufgelöst. Das gölte dann natürlich auch für andere Wettbewerbe: *DSDS*-Kandidat*innen müssten ihre Stimme abgeben; überhaupt Talentshow-Teilnehmer*innen ihre vermeintlichen Talente. Zugegeben, das wäre jetzt nicht immer schlimm. Aber wenn dann plötzlich der verprügelte, beklaute, einarmige arme Malte auf die Bühne käme, tät's mir doch schon irgendwie leid.

Ich finde diese Sportmetaphern in Wirtschaftsdiskussionen daher immer etwas verwirrend. Die auch gern verwendeten Kriegsmetaphern scheinen mir da schon besser zu passen. Im Krieg herrscht zwar eine noch etwas drastischere Konkurrenz, aber das Gerede von Gefechten, Zerstörung und Überlebenskampf entspricht der weltweiten Lebensrealität eines auf Konkurrenz ausgerichteten Wirtschaftssystems schon eher als das Geseier von einer Fairness, die es nie gab.

Noch besser wäre es natürlich, wenn man darüber reden würde, tatsächlich Fairness herzustellen und allen die gleichen Chancen zu geben, sich im Konkurrenzkampf durchzusetzen. Und das effektivste Mittel, um sich langfristig in einem Konkurrenz- oder Rivalitätsverhältnis durchzusetzen, ist: das Abschaffen der Konkurrenz. Also das produktive Beseitigen der Gründe für die Konkurrenz. Dann gewinnen alle. Und ab da würde es spannend. Aber die Menschheit ist ja teilweise zu erstaunlichen Leistungen unfähig.

Null zu null

Vergleicht man die Interviewantworten von Politikern und Fuß-
ballspielern, fällt auf, dass Politiker häufig krampfhaft versuchen,
von einer konkreten Antwort wegzukommen und ins Allgemeine
und Unbestimmte auszuweichen.

Fußballer hingegen versuchen sich meist verzweifelt vom Allge-
meinen und Offensichtlichen zu einer konkreten Antwort hinzu-
arbeiten. Interessanter wäre es eigentlich andersherum.

Wenn Fußballer wie Politiker antworten würden:

»Herr Knallkopp, in diesem Spiel hat Ihre Mannschaft nicht das
Niveau gezeigt, das man für eine so wichtige Partie hätte erwarten
können, eine 0:2-Niederlage – woran hat's gelegen?«

»Das ist natürlich eine sehr interessante Frage, aber ich denke,
man sollte da jetzt keine voreiligen Schlüsse ziehen und von
einer Niederlage sprechen. So etwas ist ja immer schnell da-
hergesagt. Vielmehr haben doch heute beide Mannschaften
gewonnen, unsere Gegner in der Praxis, wir in der Theorie.
Und anstatt jetzt auf irgendwelchen Zahlen rumzureiten,
sollten wir lieber versuchen, das große Ganze im Blick zu
behalten, und bedenken, was wir schon alles geschafft haben.
Ich denke, wir alle hier können uns darauf einigen, dass
die Vergangenheit vorbei ist und die Zukunft vor uns liegt:

Gestern standen wir vielleicht noch vor dem Abgrund, aber heute haben wir doch einen entscheidenden Schritt nach vorne gemacht! Und Sie können sich darauf verlassen, dass wir auch für die Zukunft ähnlich gut durchdachte Pläne für unsere Mannschaft haben. Inhaltlich kann ich Ihnen jetzt allerdings noch nicht so viel dazu sagen, denn ein Teil dieser Pläne könnte die Fans beunruhigen. Vielen Dank.«

oder

Wenn Politiker wie Fußballer antworten würden:

»Herr Hanswurst von der Mittelständischen Opportunisten-Partei (MOP), die Flüchtlingsthematik beschäftigt viele Bürger und Bürgerinnen ja nach wie vor. Wie ist eigentlich Ihre Haltung dazu?«

»Ja, also ... um es mal verbal zu sagen, da steht man natürlich schon unter einem gewissen Druck, wenn man weiß, dass da Entscheidungen getroffen werden müssen, die letztlich ... ich sag mal ... entscheidend sind. Zum Teil ist das ja auch nicht ganz unrisikovoll. Aber ... also unser Ziel ist natürlich nach wie vor ganz klar der Gewinn. Für Europa. Und in den ersten zweihundert Jahren konnten wir da ja auch eindeutig dominieren: Wir haben uns tief in der gegnerischen Hälfte aufgehalten. Dann kam irgendwie der Konter, und da haben wir dann vielleicht nicht schnell genug umgeschaltet und halt erst mal was reinbekommen. Da wurden uns ganz klar Grenzen aufgezeigt, das kann man schon sagen. In so einer Situation muss man dann natürlich auch mal selbstkritisch sein, und das nicht zuletzt sich selbst gegenüber. Aber ich denke, es nützt jetzt nichts, immer nur auf die Fehler zu schauen, da muss man vielleicht auch mal gucken, was man möglicherweise falsch gemacht hat. Ich mein, wir wussten ja eigentlich, von welcher Seite die Flüchtlinge meistens kommen, Lampedusa oder Lesbos, also hauptsächlich Italien. Aber in so einer Situation kann es natürlich immer mal passieren, dass man da in der Hektik auch mal das Übersehen verliert.

Aber ich sag mal, also, wären da keine Flüchtlinge gewesen, dann hätten wir jetzt auch keine Flüchtlingskrise, davon ... davon bin ich überzeugt. Ganz klar. Außerdem ... was man ja gemerkt hat, ist: Häufig sind die Flüchtlinge keine Europäer. Die sind ja zum Teil, also ganz anders unterwegs als wir. Aber ich sag mal, also, wenn wir jetzt irgendwas anders machen oder das lassen, dann sehe ich eigentlich nur eine Möglichkeit: Entweder es funktioniert, oder es funktioniert nicht, alles andere ist primär, kann man sagen. Letztendlich ist das ja alles Schnee von morgen, aber ich hab ... also ich hab da vom Feeling her, hab ich da ein Gefühl.«

Wenn ich es mir recht überlege ... So groß wäre der Unterschied dann eigentlich doch nicht ...

Juten Tach

Am 5. April 2018 um 17:03 Uhr und 23, vielleicht auch 22 oder 24 Sekunden, je nach Perspektive, trifft ein Sonnenstrahl in einem Winkel von 61,1 Grad genau auf die Träne eines weinenden Jungen, dem ein Eis verwehrt wurde, und erzeugt für 0,9 Sekunden einen winzigen Regenbogen. In dem Moment scheißt, von niemandem bemerkt, ein Hund der Sorte Basset fauve de Bretagne einen Haufen in Form des Eiffelturms auf einen Gehweg der Pariser Straße 4 in 10179 Berlin. Zur gleichen Zeit beschließt die 15-jährige Amelie Reiter in einer nachhaltig, aber teuer eingerichteten Maisonette-Wohnung in Berlin-Prenzlauer Berg nach einem Streit mit ihren Eltern, dass sie keinen Bock auf »die ganze Scheiße« hat, und rasiert sich mit dem Bartschneider ihres Vaters eine Glatze.

In diesem Augenblick kommt Maik Martschinkowsky nach einem wohlüberlegten Einkauf überflüssiger Notwendigkeiten aus einem großen Einkaufscenter und stellt fest, dass sein innig geliebtes Fahrrad nicht mehr dort steht, wo er es abgestellt hatte. Nach einer eingehenden Analyse der Umwelt inklusive diverser zur Hilfsbereitschaft genötigter Mitmenschen kommt er zu dem Ergebnis, dass er den Heimweg wohl sehr traurig und zu Fuß wird antreten müssen, da einer seiner besten Freunde offenbar entführt wurde.

Mittlerweile in einem bürgerlichen Alter angekommen,

alarmiert Maik Martschinkowsky die Polizei und erwartet mit einer Mischung aus dörflicher Naivität und cineastischer Fantasie, dass sogleich ein Ermittler*innen-Duo losgeschickt wird, welches, direkt nach einer ausgiebigen Inspektion des Tatortes, Tag und Nacht die Aufklärung dieses der Menschheit unwürdigen Delikts aufnimmt.

Der Beamte am Telefon hingegen scheint eher überrascht, in einem solchen Fall überhaupt einen Anruf zu erhalten, und verweist auf die Internetseite der Berliner Polizei. Dort erscheint direkt mit der Startseite ein Pop-up-Fenster zur Anzeige von Fahrraddiebstählen. Maik Martschinkowsky gibt sein Leiden zu Protokoll und wird von einem überwältigenden Gefühl der Sinnlosigkeit erfasst.

Der Dieb, der Autor wünscht ihm ein erbärmliches Leben mit einen möglichst würdelosen Ende, hatte jedoch offenbar nicht damit gerechnet, dass es sich bei dem Eigentümer des von ihm entführten Objekts um einen freiberuflichen Kleinkünstler handelt, der im Bedarfsfall sehr viel Zeit und Energie auf etwas verwenden kann. Und das auch tut.

Nach drei Wochen regelmäßiger Recherche auf verschiedenen Onlineplattformen hatte Maik Martschinkowsky Teile seines Fahrrads auf einer Gebrauchtwaren-Auktionsseite gefunden. Teile! Niemand, der einigermaßen bei Verstand ist, würde ein solches Fahrrad auseinanderbauen und einzelne Teile davon verkaufen, es sei denn, er oder sie hat es zuvor geklaut, will es nun loswerden und ist ein durch und durch böser Mensch. Die Indizienlage war also erdrückend.

Maik Martschinkowsky rief umgehend wieder bei der Polizei an.

Duuuuut. Duuuuut. Duuuuuut. Duu...

»DIE POLIZEI BERLIN-FRIEDRICHSHAIN, WIE KÖNNEN WIR IHNEN HELFEN, JUTEN TACH – ODA ANDERTRUM!«

»*Andersrum?*«

»Na, eijentlich: ›Juten Tach, wie können wa Ihnen helfen‹, nich: ›Wie können wa Ihnen helfen, juten Tach.‹ Is aba eijentlich ooch ejal, weil wenn Se n juten Tach hätten, würdn Se ja vermutlich nich hier anrufen, wa? Also – wie kann ick *Ihnen* dit Jefühl jeben, dit wir hier allet unter Kontrolle ham?«

»Äh … ja, ich hatte vor drei Wochen 'ne Anzeige wegen Fahrraddiebstahls aufgegeben.«

»Ach, Sie warn dit. *Krrnnn.*«

»Äh … genau. Und ich hab gerade mein Fahrrad auf Ebay gefunden. Also, teilweise.«

»Na, denn ma schnell zujegriffen, würd ick sagen, nich dass dit nachher noch ma wech is.«

»Ja, eben, deshalb rufe ich ja an.«

»Solln wir dit jetz ersteijern, oda wat?«

»Nee, Sie sollen da hingehen und den Dieb fangen.«

»Na, Moment, so einfach is dit ja nu nich. It is ja erst ma nich klar, ob dit ooch wirklich der Dieb is, der dit verkooft. Dit kann der ja ooch versehentlich von jeman andas jekooft ham und jetze bloß weiterverkoofen. Außerdem: Sind Se denn sicher, dasset Ihr Rad is?«

»Teilweise.«

»Sie sind sich teilweise sicher, dass dit Ihr Fahrrad is?«

»Nee, äh … also, das Fahrrad ist teilweise. Vorder- und Hinterrad mit sehr seltenen Spezifikationen. Und dass das meine sind, da bin ich mir hundertprozentig sicher.«

»Aha. Aba können Se dit denn vielleicht ooch irjendwie beweisen, dass dit Ihre sind?«

»Na, das sehe ich doch!«

»Ach so, na denn! Dit verstehn wa natürlich! – Is aba rechtlich jesehen irrelevant. Sie brauchen schon Beweise. Ham Se die Teile denn irjendwie individuell markiert?«

»Na ja. Auf dem Hinterrad ist ein Reifen, den ich neu aufziehen musste, weil diese Stadt mit Fahrrädern das Gleiche macht wie mit den Menschen hier.«

»Sie macht een aggressiv?«

»Nee, platt.«

»Hm-hm. Ick merk schon, Sie sind n schlauet Kerlchen. Also, wir machen jetz ma Folgendet: Ick jeb Ihnen die Rufnummer dit Sachbearbeiters, der für Ihre Anzeije zuständich is. Da rufen Se ma an, ick gloob, der is ooch grade im Haus.«

»Und wenn ich den nicht erreiche?«

»Denn probiern Se et später noch ma.«

»Aber vielleicht sind die Teile dann schon weg.«

»Na, et tut mir wirklich leid, aba dit SEK is grad im Einsatz, sonst würden wa die natürlich schicken. Bis dahin müssen Se erst ma mit Ihrm Sachbearbeiter vorliebnehmen. Wie is denn die Vorgangsnummer von Ihre Anzeije?«

»Drei. Neun. Sieben. Vier. Acht. Neun. Fünf. Eins. Eins. Drei. Null. Neun ... Warum steht da eigentlich nur so eine ewig lange Nummer ohne Buchstaben oder so? Das ist doch total unübersichtlich.«

»Dit kann ick Ihnen nich sagen. Ick bin die Exkutive, ick sare Ihnen, wat Se wie zu tun oder zu lassen ham, und nüch, warum. Dafür sind andre zuständich. Vielleicht ham die inne Verwaltung einfach nur die Anzahl der Fahrraddiebstähle in Berlin als fortlaufende Numma, wat weeß ick. Jut. Jetz jeb ick Ihnen ma ne Numma. Ham Se wat zu kritzeln?«

Duuuuut. Duuuuut. Duuuuuut. Duu ...

»DIE POLIZEI BERLIN-FRIEDRICHSHAIN ANZEIJEN-SACHBEARBEITUNG, WIE KÖNNEN WA IHNEN HELFEN, JUTEN TACH!«

»Äh ... sind Sie das schon wieder?«

»Nee. Dit warn andra Kolleje.«

»Okay ... na, ich rufe an, weil ich mein geklautes Fahrrad auf Ebay gefunden habe.«

»Ick dachte, dit wärn nur die Räde... äh, ick mein: Soo, na dit is ja interessant!«

»Sie sind das also doch!«

»... hörn Se ma. Sie ham ja bestimmt schon mitbekomm, dit die Berliner Polizei Personalmangel hat. Deswejen ham sich die Hansels vonne Verwaltung n neuet System ausjedacht. Modernet Management nennen se dit. Hätta vielleicht dran denken solln, dass dit nich so jut funktioniert, wenn der Bürger zehn Sekunden später anruft, wa? Na jut. Also, wo Se jetz meine jeheime Identität jelüftet ham: Wat ham Se denn nu vor mit Ihre Fahrradteile?«

»Äh ... ich dachte, das könnten Sie mir vielleicht sagen. Was soll ich denn jetzt machen?«

»Na, Sie ham ja jesacht, Sie können nich beweisen, dass dit Ihre Teile sind, richtich?«

»Na ja, ich kann zumindest eine logische Indizienkette herleiten.«

»Juter Mann, verstehn Se mir nich falsch, ick bin dem een oda andan lojischen Jedanken ooch nich abjeneigt. Aber Logik und Strafrecht ham nu wirklich nich viel mitenander zu tun, dit können Se mir gloobm!«

»Soll das heißen, ich kann da jetzt nichts machen?«

»Na, ick sare ma, eener verkloppt da Fahrradteile uff Ebay und Sie sind sich sicha, dass dit Ihre sind, aber die Polizei sacht, sie kann da leider nüscht machen – wat bleibt Ihnen denn dann noch für ne Möglichkeit?«

»Die Teile kaufen?«

»Na, entweder dit, oder ... ick sach ma – dit is Balin-Friedrichshain hier. Jehn Se doch ma persönlich bei dem Verkäufa vorbei und sprechen mit dem. Vielleicht zeigt der sich ja einsichtich und jibt Ihnen die Teile eenfach so wieder. Nehm Se sich den een oder andern Zeujen mit, und ... ick sach ma: Wenn die n büschn unjemütlich aussehen, is dit für deren Funktion als Zeujen jetzt ooch keen Nachteil, wenn Se verstehn, was ick meene. Solltet zu irjendwelchen Streitigkeiten kommen, die sich nich in beiderseitijem Einvernehmen lösen lassen, können Se jerne nen Funkwajen rufen, den Kollejen vonne Streife fällt immer wat Interessantet ein. Ick wünsch Ihnen wat, und zwar, dasset doch noch n juter Tach für Sie wird. Haun Se rin.«

Verwünscht

Ich laufe durch einen Wald und mache, was man im Wald halt so macht: Ich stolpere über einen Ast und knalle mit dem Kopf an einen Baum. Als ich versuche, mir den Schmerz aus dem Gesicht zu reiben, bemerke ich eine Bewegung neben mir.

Dort schwirrt eine kleine, leuchtende Frau, die von surrenden, glitzernden Flügelchen in der Luft gehalten wird. Sie trägt einen winzigen Stab, an dessen Ende ein Stern befestigt ist, in einer Hand. Mit der anderen winkt sie mir zu.

»Nee, is' klar«, sage ich. »Geht man einmal in den Wald, trifft man auch gleich eine Fee.«

»Hallo«, sagt sie mit fiepsiger Stimme. »Genau. Ich bin eine gute Fee, und du hast drei Wünsche frei! Toll, oder?«

Ich blinzle sie an und denke darüber nach. »Äh ... warum?«

Die kleine Fee zuckt mit den Schultern. »Du bist zufällig in meinen Feenring getreten.« Sie deutet auf eine ringförmige Ansammlung von Pilzen am Boden. »Jetzt darfst du dir halt was wünschen.«

»Jeder, der in deinen Garten trampelt, darf sich was wünschen?«

»Ja. So läuft das eben. Ich hab die Regeln nicht gemacht.«

»Hmhm. – Weißt du, was ich glaube: In Wirklichkeit bist du eine Amazon-Drohne und möchtest mir was verkaufen.«

Die Fee zieht irritiert die Stirn in Falten. »Was ist das denn für eine obskure Vorstellung? Ich meine, wie soll so was überhaupt funktionieren?«

Ich zucke mit den Schultern. »Du musst dir an meiner Stelle folgende Frage stellen: Ist es wahrscheinlicher, dass ich bei einem Waldspaziergang zufällig den Vorgarten einer Feenbehausung zertrample und dafür auch noch belohnt werde oder dass irgendein internationaler Großkonzern versucht, mittels perfider Tricks Kunden zum Kauf seiner Waren zu bringen?«

Die Fee seufzt. »Ich bin keine Drohne, okay. Ich bin eine echte, richtige, gute Fee. Und wenn du dir jetzt mal was wünschst, kann ich dir das vielleicht auch beweisen, insofern du dich nicht ganz blöd anstellst. Wobei ich sagen muss, dass die meisten Typen das leider tun ...«

Ich nicke. »Gut, dann wünsche ich mir als Erstes, unendlich viele weitere Wünsche frei zu haben. Ha!«

Die Fee verdreht die Augen. »Das geht nicht.«

»Warum nicht?«

»Das steht in den Nutzungsbedingungen. Drei unmittelbar erfüllbare Wünsche, mehr nicht.«

»Warum?«

»Warum, warum: weil es nun mal so ist. Ich hab die Regeln nicht gemacht.«

»Wer hat die Regeln denn gemacht?«

»Die erste Oberfee, was weiß ich, ich mein, was ist denn mit dir los? Da kommt eine Fee, will dir drei Wünsche gewähren, und du fängst erst mal an zu diskutieren!«

»Ich hab halt viele schlechte Erfahrungen mit sogenannten Serviceleistungen gemacht.«

»Ich bin keine Serviceleistung! Und jetzt wünsch dir was!!«

»Du bist aber auf jeden Fall eine ganz schön ungeduldige Fee.«

»Vor allem bin ich eine Fee. Ich muss Wünsche erfüllen. Und ich sag's dir ganz ehrlich – ich mag das nicht. Deshalb möchte ich das so schnell wie möglich hinter mich bringen, kapiert? Also.«

»Moment mal, willst du damit sagen, du wirst zur Arbeit gezwungen?«

»Nein. Doch. Egal. Ich kann halt nicht anders. Und wenn du so weitermachst, sorge ich zumindest dafür, dass du dir wünschen wirst, mich nie getroffen zu haben!«

»Geht das anderen Feen auch so? Ich mein, dann könntet ihr doch eine Gewerkschaft oder zumindest einen Betriebsrat gründen«, schlage ich vor.

»Es gibt niemanden, der uns dazu zwingt! Wir können einfach nicht anders!«

»Okay. Verstehe. Wie wäre es dann mit einer Art Selbsthilfegruppe?«

»Jetzt wünsch dir was!!!«, brüllt die Fee, während sie die Hände zu Fäustchen ballt.

»Okay, okay. Lass mich kurz überlegen. Es gibt da bestimmt so eine Optimalkonfiguration, wenn man nur drei Wünsche hat ...«

Die Fee gibt ein genervtes Brummen von sich, schwirrt zu einem Baum und tritt wutentbrannt dagegen. Das sieht sehr niedlich aus. Aber der Baum fällt um. Ich schlucke. »Okay, okay ... Ich wünsche mir, dass alle Menschen ein angst- und sorgenfreies Leben führen können, sich solidarisch mit- und zueinander verhalten und äh ... man allerorts korrekt zubereiteten, qualitativ hochwertigen, schmackhaften grünen Tee bekommt. Obwohl, nee, Blödsinn. Streich das Letzte. Dass niemand mehr Fleisch isst, das wäre der dritte.«

Die Fee flattert vor mein Gesicht, packt mich am Kragen

und funkelt mich finster an. »Das. Geht. Nicht«, presst sie zwischen den Zähnen hervor. »Das sind Wünsche, die andere Leute betreffen. Das könnte mit deren Wünschen kollidieren.«

»Gut, äh ... dann wünsche ich mir, dass sich alle Leute ein angst- und sorgenfreies Leben, ein solidarisches Miteinander und Fleischverzicht wünschen und diese Wünsche auch erfüllt werden. Wenn das für zwei gilt, würd' ich dann doch noch mal auf den Tee zurückkommen.«

Die Fee atmet fauchend ein, während sie noch etwas höher schwebt und ihr Gesicht auf meine Nase presst. »Pass auf. Du wünschst dir jetzt etwas ganz Einfaches. Was nur dich betrifft. Einen Haufen Gold, ein übertrieben großes Auto, meinetwegen auch eine Schachtel gesunder Zigaretten oder ein Bier, das nie leer wird, oder einen ganzen Kasten davon, is' mir scheißegal! Aber tu dir den Gefallen, und lass es was Einfaches sein!!!«

»Du hast drei Wünsche frei, aber nur solange sie ausschließlich dich betreffen und keine positiven Auswirkungen auf andere haben? Bist du so was wie eine neoliberale Fee? Quasi eine FDFee? Gibt es auch eine kommunistische Fee? Die würde meine Wünsche bestimmt erfüllen.«

Die Fee ballt ein Händchen zur Faust und holt aus.

»Ich wünsche mir, dass du sofort damit aufhörst!«, jammere ich. Die Fee lässt mich los, fliegt ein Stück zurück und klopft sich ein bisschen Feenstaub von den Kleidern. »Gut. Macht noch zwei.«

»Ähm ... keine Ahnung, ich kann mich unter Stress so schlecht konzentrieren. Ich würd' mir wirklich gern was wünschen, aber ...«

»Gewährt. Noch einer übrig.«

»Hey, Moment! – Das war doch gar kein Wunsch!«

»Das kannst du ja versuchen bei der Oberfee zu reklamieren.« Ich öffne den Mund ... und schließe ihn wieder. Die Fee schaut mich lauernd an.

»Ookay ...«, sage ich langsam. »Dann wünsche ich mir ... dass mir Geschichten ohne Ende einfallen ... Halt, nein, andersrum: Ich meinte, dass mir ohne Ende Geschichten einfallen!«

»Zu spät«, sagt die Fee hämisch grin

Mein Dank
und ein Lächeln ...

... geht generell an alle Freund*innen und Kolleg*innen, die mich unterstützt haben!

... für die besondere Intensivbetreuung bei der Zusammenstellung dieses Buches an: Helena, Jens, Helena, Jori und Helena.

... an die hassgeliebten Dauerkritiker von meiner Lesebühne: Julius, Marc-Uwe und Sebastian.

... an Maren Kaschner für das Lächeln. Und das restliche Cover.

... und natürlich an Volker Surmann, der so ziemlich alles an diesem Buch gemacht hat, außer es zu schreiben.

– Maik Martschinkowsky
Berlin, Februar 2019

Erstveröffentlichungs-
nachweise

»Tag der Arbeit«, »Die dritte Seite«, »Sehr guter Text«, »Hit-ler war ja auch Vegetarier« und »Verwünscht« erschienen erstmals im zweiten, inzwischen vergriffenen Buch »Bühne 36: Über Arbeiten und Fertigsein« (Voland & Quist: 2015).

»Juten Tach« erschien erstmals in: Aron Boks, Wolf Hoge-kamp, Noah Klaus (Hrsg.): »Komma zum Punkt. Slamtexte aus der Hauptstadt« (Satyr: 2019).

»Null zu null« wurde in Sarah Bosetti, Andreas Scheffler, Vol-ker Surmann (Hrsg.): »Mit euch möchten wir alt werden. 30 Jahre Berliner Lesebühnen« (Satyr: 2018) erstveröffentlicht.

Audiolinks

In einiger Sache
http://satyr-verlag.de/audio/laecheln1.mp3

Diskursüberfall
http://satyr-verlag.de/audio/laecheln2.mp3

DieNorm
http://satyr-verlag.de/audio/laecheln3.mp3

Wie's damals war
http://satyr-verlag.de/audio/laecheln4.mp3

Tag der Arbeit
http://satyr-verlag.de/audio/laecheln5.mp3

Verwünscht
http://satyr-verlag.de/audio/laecheln6.mp3

30 Jahre Berliner Lesebühnen

Berlin ist die Stadt der Lesebühnen. Hier wurde das Format gegründet und populär gemacht. Hier hat es namhafte Autorinnen und Autoren hervorgebracht, hier lesen nach wie vor ein gutes Dutzend Ensembles regelmäßig ihre neuen Texte vor. Der Reiz der Lesebühnen ist ungebrochen. Zeit für eine Hommage!

Dieses monumentale Lesebuch versammelt 75 Geschichten, Satiren, Glossen und Traktate von beinahe allen zurzeit in Berlin aktiven Lesebühnenautorinnen und -autoren sowie vielen wichtigen Stimmen, die die Szene mitbegründet, über viele Jahre geprägt haben oder noch prägen werden.

Sarah Bosetti, Andreas Scheffler, Volker Surmann (Hg.)
Mit euch möchten wir alt werden
Hardcover, 328 S., 20 €
ISBN: 978-3-947106-14-1